第一章

冷たい朝

「こんな私に嫁《とつ》がされて、お前も不幸だな」

「そのようなことは」

「貧乏旧華族の娘か。お家《いえ》のために必死だな。哀れなことよ」


彼は孤独だった。

私も一人ぼっちだった。


暗い部屋には春の月明りが射《さ》していた。

柔らかい光は朧《おぼろ》にささやいていた。

第一章　冷たい朝

一　白い空気

「この泥棒！　いいから出しなさい」

「お母様。私ではありません」

「嘘《うそ》おっしゃい。こうしてくれるわ」

金切り声の母に頬を打たれた清子《きよこ》は床に倒れた。肩で息をする母は、興奮したまま娘を見下ろした。

「知っているのだよ！　お前が羨ましそうに見ていたことを。さあ、早く出せ。返しなさい！」

「お許し下さい。清子は本当に何も知りません」

そう言い居間の床にうずくまった清子の横を、妹の優子《ゆうこ》の足が通った。項垂《うなだ》れる姉を見下ろす顔は、嬉《うれ》しそうに口角が上がっていた。

「お母様。お姉様が何をしたの」

「優子。ちょうどよかった」

土下座をしている長女の清子は古い絣《かすり》の着物。それに対して次女の優子は朱の地に白い花の鮮やかな着物姿で微笑《ほほえ》んだ。姉妹を前にした母親の貞子《さだこ》は呆《あき》れた顔を見せた。

「私の買ったばかりの白のハンドバッグがないのよ。清子が盗んだのよ」

「白のハンドバッグ？　あ、もしかして」

背からバッグを出した優子は、目を丸くしている母に申し訳なさそうに打ち明けた。

「ごめんなさいお母様。お友達とお出かけするのに黙って借りてしまったの」

「まあ優子だったの。だったら構わないわ」

母は笑顔でバッグを受け取ると、打たれた頬に手を当てる長女を疎ましそうに見下ろした。

「まったく、惨めったらしいわね。いつまでそうしているつもり？　さっさと支度をおし」

「申し訳ございません」

清子は頭を深く下げて謝ると部屋を出た。家事の途中であった清子は、急ぎ戻ると洗濯板で家族の服を洗った。雪国の一月。水は冷たく痛かった。

大正時代。港町、北海道函館《はこだて》は好景気の薫りに沸く宝石箱の貿易都市として栄えていた。世界の海と繋《つな》がる北の大地の玄関口は、荷物だけではなく西洋文化や異人館も街に広がり彩《いろどり》を添えていた。この地に屋敷《やしき》を構える伊知地《いちじ》家は北海道に流れてきた旧華族の末裔《まつえい》である。顔の左の目元に青痣《あおあざ》が広がる長女の清子は、その顔を忌み嫌われ家族からも疎まれて育った。

使用人扱いの清子はせめてその顔を隠そうと、人前では白い布のマスクで口元を覆っていた。目の周囲の青痣は隠せずにいた清子であるが、それでもひたすら家事をこなし暮らしていた。

やがて洗濯物を洗い終えた清子は、南の部屋の窓辺に干し始めた。

窓から射す日差しは雪に反射し眩《まぶ》しかった。干し終えた清子が光に目を細めていると、ふと庭の松の木に赤い凧《たこ》が飛び込んできたのが見えた。

「すみませーん。取りに行っても良いですか」

塀の向こうから聞こえた元気な子供達の声に、清子は思わず返事をした。

「いいえ。こちらからお持ちします。裏戸で待っててくださいね」

……庭は雪かきをしていないから。

子供が凧を回収するのは無理だと判断した清子は、急ぎ半纏《はんてん》を羽織ると長靴に足を滑りこませた。スコップを持ち庭に出ると雪は腰の高さであった。清子は積もった雪の庭を懸命に除雪しながら進み、枝に絡まった凧を助け裏戸へと向かった。冷えた手で戸をそっと開けた清子は、顔を出さずに凧だけを差し出した。

「どうぞ、これを」

「ありがとうございます。おい、行くぞ」

奪うように受け取った子供達の喜びの声に、清子はほっと胸をなでおろした。そして静かに戸を閉めかけた清子は、帰り際の少年達の会話を聞いた。

「今の優しい女の人は優子さんかな」

「違うだろう。お化けの方だよ」

無邪気に笑う子供達の声は、白い空気と清子の心に響いていた。

……お化けか。そうかもね……

残酷で正直な言葉に清子は思わず空を見上げた。もう涙を流すことも忘れた清子に天から白く冷たい羽根が舞い降りてきた。身に積もった雪を払うこともなく、清子は静かに屋敷へ戻って行った。

部屋に戻った清子は、出かける支度を始めた。

……お母様のお昼はできているし……

一通り家事を終えたこの午前中、妹の優子は女学校に出かけている。父は仕事に行き、母は奥の部屋からいびきを響かせていた。いつもは外出など許されぬ清子であるが、この日は週に一度、養安寺《ようあんじ》に行く日であった。唯一の楽しみのこの時間は雪が舞っていたが、着物の上に道行《みちゆき》を羽織った彼女は襟元から頭を紫の襟巻きで覆い、目だけを出した格好で出かけた。

誰の足跡も無い白い道が続いていた。彼女は心穏やかに寺までのチャチャ登りを上った。

「こんにちは」

「おお。清子さん。お疲れ様でございます」

養安寺の和尚は今日も笑顔で出迎えてくれた。

旧家の伊知地家には祈りの儀式がある。この儀式に欠かせない供え物の入手が困難になったため、清子の祖母の代からこの寺で先祖を供養することで済ませていた。清子は亡き祖母から儀式を引き継ぎ、寺に通っていた。

家族としては清子に押し付けたつもりであるが、終わる事のない家事労働ばかりの清子には、癒《いや》しの時間となっていた。

鎮座する仏様に線香をあげた清子は、手を合わせ吐息を白くさせ目をつむっていた。

……いつも、ありがとうございます……

祖母に言われた通り先祖に感謝した清子は、心静かにお辞儀をして供養を終えた。御堂を後にした清子は和室に移動した。

「寒かったでしょう？　清子さん。さあ、早くお入りなさい」

「はい。奥様」

住職の奥方の和津《かづ》は笑顔で清子へ座布団を広げて出した。そのそばにはひざ掛けと火鉢も用意され、卓の上には本とお菓子が載っていた。優しい笑みの和津はお盆を置き、清子にお茶を勧めた。

「まずはそれを飲んで温まってちょうだい。時間はあるのだから」

「はい、奥様。ではノートを先に出しますね」

「ええと。前回は英語だったわね」

和津は胸元から出した老眼鏡をすっと掛け、ページをめくり出した。和室には他に誰もいないという安心感が湧いた清子は、マスクを外した。

晒《さら》した顔には部屋の温《ぬく》もりが優しかった。

十七歳の清子は、顔の痣《あざ》を恥じる両親の意向で女学校に通わせてもらえずにいた。清子の亡き祖母から事情を聞いていた住職の奥方の和津は、今はもう成人し家を出た息子達の教科書を使い、清子に勉強を教えていた。

和津は函館にある有名な遺愛《いあい》女学校卒業の学歴を持つ才女である。慈愛の教えを深く抱く彼女は娘がいないこともあり、素直な清子を可愛《かわい》がってくれていた。

和津がノートを読む間、お茶を一口飲んだ清子はふと卓上の新聞に目をやった。和津は老眼鏡を下にずらし清子に顔を向ける。

「どうぞ読んでちょうだい。清子さんはお家にいる時間が長いでしょう？　新聞にはね、色々なことが書いてあって面白いのよ」

和津は教科書の内容以外に家計簿のつけ方や家庭の医学など、自分の知識を清子に授けていた。英語の勉強を終えた二人は新聞を広げていた。

事件や政治。遠い異国アメリカの出来事が書いてある記事に清子は、心躍らせていた。若い清子の溢《あふ》れる好奇心に和津はまあまあと目を丸くした。

「清子さん。新聞はね、事件の記事が目を引くけれどどこの広告とか、あとは株式や円相場も重要ですよ」

「円相場。アメリカのドルの話ですね」

興味津々の清子は円相場を食い入るように見つめた。若い頃は外国に憧れていた和津はその影響で未《いま》だに異国の文化にも詳しかった。

「では。ここにあるチョコレートが何ドルなのか、計算してみましょう。ええとそろばんは」

「ここにあります奥様。では、まず一ドルは……」

この日の残りの勉強はそろばんで円相場の計算をした。

養安寺で過ごす時間は清子にとって生きていることを実感できるひと時であった。やがて勉強を終えた清子は、夕暮れの坂道を下っていた。もらった新聞が入った風呂敷《ふろしき》包を大切に抱えた清子は、再び養安寺に来る事だけを楽しみに、チャチャ登りを下り五稜郭の近くにある伊知地家へと帰っていくのだった。


翌週の伊知地家の部屋の奥。家事を終えた清子は、和津から依頼された男性用の着物の仕立てをしていた。

……よかった。また注文がもらえて。

真剣に針を運ぶ清子は自立を志していた。毎日、家事ばかりの実家の暮らし。養われているのだから当然の務めだと両親に命じられている清子は、結果として奴隷のように実家に縛られていた。しかし、寺で教養と和裁の技術を学んだ清子は、実家の支配から脱去し自ら生計を立てたいと希望を持つようになっていた。

……ここを縫った後、裏に返して……そして……

和津は清子のやる気を汲《く》み着物を縫う仕事を紹介してくれた。この日の生地は硬く、針を通す時、指が痛かったが、清子は自立へ歩みを進めているような気がして嬉《うれ》しかった。

「清子！　何をしているんだよ」

「お母様？」

怒号が飛びふと見ると、部屋の入り口には怒り心頭に発した母親が立っていた。

「さっきからお客様だって呼んでいるだろう！　無視する気かい」

「すみません。夢中になってしまって」

慌てて針をしまう清子に貞子は眉をひそめた。

「お前。また着物を縫っていたのかい」

「はい。和津さんに頼まれたので」

「……どうでもいいから、早くおし」

和津の名前を出せば文句を言ってこない母に背を向けた清子は、立ち上がった。貞子は腕を組みながら清子をさらに急《せ》かした。

「早くおし。覆いをして、その顔を決して出すんじゃ無いよ」

「はい」

母の叱責がどこか緊張しているように聞こえた清子は、白い布のマスクで鼻から下を覆うと、台所への廊下を歩いた。


お茶の湯を沸かそうと台所のガスコンロにマッチで火を付けた清子は、このまま夕食の準備を始めようと割烹《かっぽう》着の袖に腕を通した。

……お盆と、お茶菓子と、お客様用の湯呑《ゆのみ》を出さなくちゃ。

戸棚から食器を取り出す。北向きの台所は、鉄瓶から出る湯気でガラス窓を白くさせていた。お湯が沸いた鉄瓶の火を清子が止めた時、優子が顔を出した。

「お茶はまだなの？　何をぐずぐずしているのよ」

「ごめんなさい、優子ちゃん。カステラとこれを持っていって」

「わかっているわよ！　全く……」

優子は奪うようにお盆を受け取ると、姉に背を向けて客間に戻って行った。後には清子が淹《い》れた紅茶の香りだけがほんのりと残っていた。

……さあ、お夕食の支度をしよう……

決して客人の前に出ることはない清子は、籠に入ったジャガイモを取り出した。包丁で器用に芽をくりぬき、皮を剝《む》いていると、また足音がした。

「お姉様。こっちにいらして」

「私が？　でもお母様が」

「いいから、こっちに来なさいよ」

怒鳴り出す優子に腕を引かれた清子は、歩きながら割烹着を脱ぎおずおずと応接間にやってきた。

「連れてきました」

「失礼します」

清子が部屋に入ると、父と母が座るソファの対面に、叔母が足を組み座っていた。彼女は清子を見るなり、手を叩《たた》いた。

「ほら。兄さん。こっちでいいじゃないの！　優子を出すのは惜しいわ」

「そうだな。おい、清子。お前に縁談だ」

「私にですか？」

驚く清子は思わず大きな声を出したが、優子がニヤニヤと笑った。

「お姉様にお似合いのお相手よ。良かったわね」

「お父様。これは一体どういうことですか」

結婚など無縁だと思っていた清子は驚きの目で、腕を組む父を見つめた。目を伏せた父は説き始めた。

「お相手の岩倉《いわくら》様は、我が家の娘をご所望との事だ。当初は優子にしようと思ったが、ここはお前が行け」

「でも、結婚なんて」

「お黙り！」

清子の頬を貞子が打った。拒否ではなく驚きで出た清子の言葉は、力ずくで否定された。

「口答えするなんて！　謝りなさい」

「すみません」

母は鬼の形相で清子を見下ろした。ぶたれた際、彼女がはめていた指輪は清子の頬を傷つけ白い布マスクに鮮血を付けた。この痛みに震える清子を無視し、貞子は義理の妹に詫《わ》びた。

「申し訳ありません、ほら清子、お前もちゃんと謝りなさい」

母に謝罪を促された清子は、力なく従った。

「申し訳ありませんでした。叔母様」

「叔母様、私からも謝ります」

優子はそう言うと、床に平伏《ひれふ》す清子をわざとらしく背に庇《かば》った。

「姉の無礼をお許しください。これからよく言って聞かせますので」

「お前達。もういいだろう」

ソファに座り腕を組んでいた父の正也《まさや》は、やっと口を開いた。

「清子は見合いに行くのだぞ。どうせ無理だと思うがそのくらいにしておけ」

父親の圧は顔に傷をつけてはならぬ、というものだった。愛情からではなく世間体を気にする保身によるものだった。

家族の無情な仕打ちに慣れていたはずの清子であるが、心の穴に冷たい風が吹いていた。

……お見合いなんて……私はこんな顔なのに。

両親が望むのは自分の幸せではなく、ただの厄介払いと清子は受け止めた。

心を悲しみ色にした清子を前に父はお茶を飲んでいた。陰鬱な家族の空気に叔母は気だるそうに時計を見た。

「では兄さん。岩倉さんにはそのようにお伝えするわね」

「ああ。よろしくな」

応接室を出る叔母に清子が頭を下げ見送る中、貞子と優子は玄関まで見送りをした。帰り際、叔母は見合いの日に迎えに来ると言い帰っていった。

見送った後、部屋に戻った貞子はまだ部屋にいた夫の正也に尋ねた。

「でもあなた。清子がいなくなったら家の事はどうするのですか？」

「……清子の代わりなど、どうとでもなる。とにかく、そういうことだ」

家長である父の命令は絶対。この一言で清子は岩倉家に見合いに行くことになった。父が退室した部屋には、お茶の食器を下げる清子と、貞子と優子が残っていた。

「でもよかったわね、お姉様」

優子は意味深長に眉を吊《つ》り上げ、食器をお盆に載せている清子を冷やかすように見た。

「ふふふ！　お姉様のような化け物でも気にならない人で」

含みのある物言いの優子は、縁談相手の情報を知っているようであった。思わず清子は尋ねた。

「優子ちゃんは、岩倉様のお話を聞いたの？」

「ええ。でもあんたなんかに教えてあげる義理はないわ」

ここで母が意地悪く加えた。

「清子。お前に選ぶ権利があると思っているのかい」

「いいえ？　そこまでは」

清子は、ただ相手がどんな人か知りたかっただけだった。ただそれだけだった。しかし貞子は清子を蔑《さげす》みの目で見た。

「思い違いも甚だしい……それよりも夕食の支度をしなさい」

母も優子も相手の詳しい話を知っている顔だった。しかし清子には何も教えてくれなかった。清子が知ったのは相手の、岩倉朔弥《さくや》という名前だけだった。


一日を終えた清子は自室に戻ってきた。清子の一人部屋は四畳半。元は女中が使っていた小部屋である。窓ガラスが凍る北向きの部屋に許されたのは小さな火鉢だけだった。あかぎれだらけの手をした清子は、冷たい布団のそばで暖を取っていた。

……私が、結婚。

自分の容姿に全く自信のない清子は、結婚とは無縁だと思っていた。それ以前に、自分を見ると相手が怖がるので、人に会わないように暮らしていた清子はとても戸惑っていた。

……お父様は、優子ちゃんじゃなくて、私に行けと言ったわ。

おそらく相手は二回り以上歳《とし》が離れているとか後妻を探しているとか、男性側に何らかの事情があるのだろうと清子は想像した。それ以外、醜い自分でも気にならないという理由が清子にはわからなかった。

……でも。考えても仕方がないことよね……

自分の意思など意味のない今の立場では、悩んでも全く無意味である。清子はこの家では要らない娘であり、いるだけで邪魔な存在だった。

清子は布団に横になった。凍る窓ガラスの模様は氷のバラのように綺麗《きれい》だった。恐ろしいほど静寂な夜は、雪が降っている事を伝えていた。

真っ暗な夜。不安な心でいっぱいの清子は必死に想《おも》いを抑えた。そして湯たんぽで温められた布団に入った。唯一包んでくれる布団にすがるように、清子は孤独な夜に目を閉じた。

◇◇◇

「清子さんが岩倉家にお嫁に？　それはまた急ね」

「奥様は岩倉様を知っているのですか」

「ええ。噂《うわさ》ですけどね」

翌週の養安寺。お参りを済ませ、いつものように和津を前に和室で勉強していた清子は、見合いをする話を打ち明けた。和津は驚きながら饅頭《まんじゅう》を出し、岩倉家について知っている事を教えてくれた。

「岩倉の社長さん。つまりお見合い相手のお父様ね。この方は一代で岩倉貿易会社を築いた実業家でやり手ですよ。成り上がり者だという方もいるでしょうね」

「成功している人なのですね。でもどうしてうちにお見合いの話がきたのでしょうか」

戸惑う清子に和津は温かいお茶を勧めた。

「あのね清子さん。伊知地家のご先祖は華族ですもの。お家柄で言えば遜色ないわよ」

「それにしても。私などが行って良いのでしょうか」

じっと湯気を見つめる清子は憂いに満ちた目をしていた。和津は静かに口を開いた。

「……清子さん。あなたはもっと自信を持っていいのよ」

和津は立ち上がると障子を開けた。晴天の二月の午後、南からの太陽の光に反射した白い庭はまぶしかった。

「確かに政略結婚になるかもしれないけれど、これも『御縁』ですよ」

「『御縁』ですか」

自身も親の勧めで嫁いだ和津はにこりと笑った。

「そう。『袖振り合うも多生の縁』と言ってね。どんな小さな出会いも大切にしなさい、という有難い意味よ。それにね。その方が嫌だったら、清子さんは素っ気ない態度を取ればいいのよ。そうしたら帰されるはずよ」

しかし、清子は俯《うつむ》いた。

「でも。私は家でも邪魔者ですもの。父には逆らえません」

今、この瞬間も居場所がない清子はハラハラと涙を流した。この心の傷に触れた和津は障子をそっと閉めた。

「……じゃあその時は、尼さんになってうちに来なさい。大丈夫、清子さんなら」

「奥様」

実の母から疎まれている清子は、この深い愛にどっと涙が溢《あふ》れた。和津はぎゅうと清子を抱きしめた。

「清子さん。不安でしょうけど、まずはお見合い相手に会ってご覧なさい。自分の運命に向かって」

「はい……奥様。ありがとうございます。いつも……」

震えながら抱き合う二人の目には涙が光っていた。

こうして背を押された清子は、見合いをしようと心を定めていた。どんな相手でも、運命を受け入れようと。

◇◇◇

見合い当日。清子は古い紬《つむぎ》の着物を身に着けた。これは祖母の娘時代のものでところどころ生地は傷んでいた。そしていつもの紫の襟巻きで頭と顔半分を覆った。澄んだ目だけが出ている地味な姿の清子に対し、毛皮のコートで華美に着飾った叔母の案内で清子は見合い相手の屋敷《やしき》に向かった。

函館は坂道の町である。町を見下ろす函館山は海までの道を寛《ひろ》く有《ゆう》し景色と人々をつなげていた。中心地である元町《もとまち》には異人館が並び、坂道には石畳の絨毯《じゅうたん》が広がっていた。坂に敬礼するかのように並ぶ街路樹の桜は、枝に積もる雪に耐え春を待ち侘びている。

函館の海が見える基坂《もといざか》。この途中の道を一本入った住宅街へと進む叔母に清子は続いた。見かけは質素であるが綺麗に整備された和風の屋敷に『岩倉』の表札を見つけた叔母は、興奮気味に清子の肩を叩《たた》いた。

「良《い》い事、清子。挨拶は私がするから、お前は黙っていなさい」

「はい」

「朔弥さんはお屋敷でお仕事をされているの。お前は身の回りのお世話をすることになるわね」

「はい」

叔母は厄介な仕事を早く終わらせたい気持ちを隠すことなく、早口に指示した。こうして二人でやってきた岩倉家の門を叩くと老齢の女性が出てきた。

「まあまあ。伊知地様。ようこそ寒い中、お越しくださいました」

白髪の品の良い和服姿の彼女は、笑顔で広い玄関の戸を大きく開けた。

「私は岩倉家の使用人の瀧川《たきがわ》と申します。どうぞお入りくださいませ」

「お出迎え感謝申し上げます。さ、清子」

「はい」

玄関で上着を脱ぐ際、清子は頭を覆っていた襟巻きをそっと外した。その下をすでに覆っていた白いマスク姿で、彼女は叔母とともに廊下の奥へと進んだ。

先を歩く瀧川は振り返った。

「あいにく。朔弥様は今しがたお出かけになってしまって」

「そうですか。私共は時間通りに参ったのですが」

通された客間で叔母はそう返答したが、清子は俯き押し黙っていた。

西洋式の客間は狭いが暖炉のパチパチという音が優しかった。少なめの調度品はどれも高価そうな舶来品であり、清子には裕福な暮らしが見て取れた。お茶が出されるまでの間、柱時計に視線を移した叔母は、苛立《いらだ》ちを隠さず老使用人に向かって言った。

「朔弥様はどちらへ？　いつ頃お戻りになるのでしょうか」

「申し訳ございません。少しの間、お待ちいただけないでしょうか」

「でも」

お茶を出す瀧川に溜《た》め息《いき》をつく叔母に対し、清子は静かに反応した。

「……叔母様。私が一人でお待ちします」

「それがいいわね。これはお前のお見合いだもの」

醜い姪《めい》と一緒にされるのも迷惑と言わんばかりの叔母は、そう言うと清子を置いて帰ってしまった。一人ソファに残された清子は、薪の燃える音と柱時計が鳴り響く客間で、ひたすら知らぬ相手を待っていた。


……それにしても遅いわ。

相手がどこへ出かけたか聞けずじまいの清子が部屋を見回すと、テーブルには新聞があった。こうして待つ間、清子は新聞を読んでいた。

柱時計が針を進める中、初めて手にした全国版の新聞を夢中で読んでいたが、三時間が経《た》った。長時間待たせていることを申し訳なく思った瀧川は、三度目のお茶を出した。

「お待たせして申し訳ございません。いかがしましょうか。伊知地様」

まだ待つのかと窺《うかが》うように冷めた茶を下げる瀧川に対し、清子は姿勢を整えて応じた。

「お邪魔でなければ、このまま待たせていただけないでしょうか」

「お家《うち》の方が心配なさると思いますが」

新しいお茶を淹《い》れてくれた瀧川に、清子は膝の上で拳を作り、不安な気持ちを押し殺すように発した。

「いいえ。そのようなことはありません。それよりも岩倉様にご挨拶をしたいと思います。これは、お約束ですから」

まるで自分に言い聞かせるように言葉を返す清子に対し、瀧川は小さく会釈した。

「かしこまりました。では」

瀧川はそう言うと部屋を出た。また清子は一人になった。

時計の音がチクタクと響く部屋は安らかで心地よかった。昨夜、緊張で眠れなかった清子は、いつの間にか座っていたソファで眠ってしまった。

「おい、お前」

「……え」

「寝ているとはどういうことだ」

「も、申し訳ございません！　きゃあ」

いきなり力強く揺り起こされた清子は、驚きでソファから落ちた。彼女が見上げた先には、草色のセーター姿の青年が静かに目を伏せ立っていた。広い肩、長い黒髪を束ねた彼の美しい顔に清子は思わず目を擦りながら白い布マスクを着けた。

「あの……。私はお見合いに来た」

「私はそんな話は聞いていない」

……え？　この方は……

ここで清子は気がついた。家具をなぞるように触りながら対面のソファに座った彼は、目がよく見えていないということに。清子は胸がドキドキしていたが、意を決した。

「恐れ入りますが、私は確かに父にそう言われて、今日ここに参りました」

震え声の清子に対し、彼は不快そうに髪をかき上げた。

「うちの父がそう申したかもしれないが、私は嫁をもらう気はない」

「……そうですか」

……やっぱり。私なんかをもらってくれる人がいるはずがないもの。しかもこんな立派なお屋敷のお方が……

清子は虚しい気持ちを抑え、スッと立ち上がった。

「わかりました。お断りされると言うことで、父に申し伝えておきます」

「それでは困るのだ。お前が断ったことにしてくれ。これで……頼む」

足を組んでいた彼はそう言うとズボンのポケットから封筒を出した。テーブルの上に置かれた封筒には、その厚みから相当のお金が入っているように見えた。

「これは？」

「ただとは言わぬ。それを持って今すぐ出て行ってくれ」

あっさり話すこの男性が冷たいのは声だけではなかった。思わず身が固まる清子に彼は追い討ちを掛けた。

「それでは足りぬか。まだ上乗せするか」

「い、要りません」

清子はやっと返事をした。彼は眉間に皺《しわ》を寄せた。

「なんだと」

「……私からはお断りできません。どうかあなた様からお断りしてください」

清子はソファの彼に近寄った。肘掛けに置かれた彼の手の下に、恐る恐るお金の封筒を押し入れる。これに気がついたのか、彼はビクッと反応した。

「お願いします。どうか」

清子は頭を下げた。やっと振り絞ったが彼女の声は震えた。しかし彼はこの悲しみを無情に斬った。

「できぬと申しておるのだ、さあ、それを持って……帰れ！」

彼は封筒を清子に投げつけた。この時、驚きで倒れた清子は、暖炉に頭をぶつけてしまった。

「痛……」

目の前には紙幣が溢《あふ》れた。彼は暖炉に頭をぶつけた清子の異変に気付くことなく平然とした顔で立っていた。清子は彼の態度と言葉の悲しさにじわと涙が出てきた。この物音を聞きつけて瀧川が慌てて部屋に入ってきた。

「大きな音がしましたが、まあ！　伊知地様」

「瀧川。お客様のお帰りだ」

彼はそう告げると部屋から出ていった。床に座り、額を押さえ茫然《ぼうぜん》とする清子に瀧川は申し訳なさそうに歩み寄った。

「ぶつけたのですか？　血が出ているようですね。今、手当をしましょう」

「……ご迷惑をおかけいたします」

……やっぱり、私に縁談なんてあり得なかったのよ。

和津の励ましを胸に見合いに来たが、相手は金を払ってまで断りたいほど清子を拒絶した。

幸せな夢を期待した自分が悪いと思った清子は、自身だけを責めてこの見合いの結末を受け止めた。そんな清子に心配そうに瀧川は寄り添った。

「伊知地様。お怪我《けが》を看《み》ますので、この顔の覆いを取りますね」

「はい、恐れ入ります」

自ら顔の布を取った清子に、瀧川の目が一瞬、動いた。しかし瀧川の手は、清子の傷を綿で拭いてくれた。その間、清子は視線を定められず呆然《ぼうぜん》としていた。

……お父様に、どう申し開きをしたら良いの……

清子は負った傷よりも心の方が痛かった。清子にとって養ってくれている父の命令は絶対である。青痣《あおあざ》の顔では一生、誰も雇ってくれないと言い聞かされて育った清子は、父の指示通りできなかった事がただ怖かった。

手当をしてくれる瀧川の手は優しかったが、怒る父が脳裏に浮かぶ清子は、断られた場合、尼になれば良いとの和津の励ましも忘れ、身も心も震わせていた。

二月の寒い夕刻。清子を案じた瀧川は帰りの人力車を手配すると申し出たが、清子はこれを丁重に断り、一人歩きながら帰って行った。

不安な気持ちでやってきた基坂を、清子はそれ以上に悲しい気持ちで雪に足跡を付けて下っていた。心が冷えていく清子は、白い結晶が舞う海を望んでいた。

……いいな、冬の海は。私もあんな風に、この気持ちを融《と》かせればいいのに……

降る雪を融かしていく海が羨ましいと思うほど、今の清子は身も心も凍っていた。

清子は肌を突き刺す吹雪に目を細め、襟巻きに涙の顔を埋めた。怒れる父が待つ家に帰るしかない清子の耳に、カモメの鳴き声が無常に響いていた。

◇◇◇

「朔弥様。伊知地様はお金を受け取らずに帰られました」

「勝手にすればいいさ」

自室で不機嫌そうに背を向けている朔弥に瀧川は正座をした。

「もしかして。お顔もぶつけられたのでしょうか？　ご本人は何でも無いとおっしゃいましたが、目の周りに痣《あざ》ができていたようです」

「……本人が何でも無いと申すのだから。気にすることはない」

「でも、あの顔で帰られたら。ご家族が誤解をするかもしれませんよ」

「………」

火鉢に手を当てていた朔弥は、動きを止めた。瀧川はその広い背に呟《つぶや》いた。

「そもそも。お部屋であんな長時間お待ちになった方は、初めてですものね」

外出と偽り最初から自室にいた朔弥は、最近の見合いは全てこの方法で断っていた。その気もないのに両親が薦める見合い相手を、彼は頑《かたく》なに拒否していた。しかし、今日だけは違った。我慢強く自分を待つ見合い相手にすっかり根負けした彼は、初めて自分で姿を現し断ったのである。そんな彼に老乳母の瀧川は、不安な気持ちをこぼした。

「外は雪でございますが、お一人で帰して良かったのでしょうか」

「お前、車を呼んだのだろう」

「はい。ですが一人で帰ると申されて」

「この寒い夜に、か……」

長時間待たせた挙句、金をぶつけ怪我をさせるというひどい態度をとってしまった朔弥は、こんな自分がさらに嫌になりズボンの膝をぎゅうとつかんでいた。

……あの涙声……くそ！

悲しみを殺した彼女の涙声が頭から離れなかった朔弥は唇を嚙《か》んだ。

自分の意思とは関係無く父の命令でやってきた過去の見合い相手の女性達。彼女達の化粧のきつい匂いと自慢話は、思い返してもうんざりだった。

そんな資産目当ての女性達は、当初は淑《しと》やかにしているが、朔弥は目が不自由だと知ると途端に態度を一変させ、見下すような態度を見せていた。騙《だま》されたと暴言を吐いた娘、朔弥を病原菌のように忌み嫌った娘。そんな侮蔑の態度に傷付けられていた朔弥は、今日の娘にはそれがなかった事を思い返していた。

「瀧川」

「何ですか」

「あの娘を呼び戻せ」

「もう近くにいないのではないですか」

「黙って行け。足跡を辿《たど》れば良いだろう」

彼に言われ屋敷《やしき》を出た瀧川は市電の駅にいた清子を発見した。雪が降り続く駅には、すっかり冷え切った清子が立っていた。

清子は瀧川の必死の願いを受け、朔弥の家に戻ってきた。最初に通された岩倉家の客間に入ったが彼の姿は見えなかった。

「岩倉様はどちらでしょうか？　休憩させていただくのでお礼を言わないと」

「そう、ですね」

見合い相手に怪我をさせ、さらに娘を夜の雪道で冷えさせてしまった事を、非常に悔いている若き主人を思い、瀧川は不要と説明した。

「それよりも。こんなに冷えて。さ、お風呂にどうぞ」

「そ、そこまで甘えられません！」

必死に抵抗した清子だったが、そうしているうちに雪はどんどん降ってきた。これを見た瀧川は、今夜は帰るのは危険と説いた。

「でも」

「お怪我もされているので心配です。どうか私に免じてお泊まり下さいませ。伊知地様のご自宅には、もう連絡をしましたので」

「そう、ですか」

破談の知らせを父に話すのは気が引けていた清子は、瀧川の言葉に心の糸が切れた。そして瀧川の親切を受け入れた。

心身ともに疲れ切っていた清子は風呂も夕食も辞退し休ませてもらった。与えられた客間は静かで暖かかった。綺麗《きれい》な柄のふかふかな布団に彼女は横たわった。いつもの粗末なものとは異なる上質な布団に、清子はすっかり冷えた体を預けた。伸ばした足元には瀧川がくれた温かい湯たんぽがあった。

……ああ、温かい。でも、ここにいては、いけないわ……

雪が作った静かな夜。清子は枕を涙で濡《ぬ》らしながら眠った。

翌朝の清子は、高い熱で寝床から起きられずにいた。しかも昨日の額の傷がズキズキと痛んでいた。

……でも。お見合いは破談だもの。ここにいるわけにはいかないわ。

清子は瀧川が作ったというお粥《かゆ》を寝床で少し食べた。そして食べ終わるとマスクを付け帰り支度を始めた。これを瀧川に止められたが、清子は瀧川が退室した隙に、必死に布団を戻していた。するとこの時、彼女の背後から足音が近づいてきた。

「入るぞ。お前、本当に帰れるのか」

部屋に入ってきた朔弥は、長い髪を束ね白いセーターの上に着物を着ていた。

……お背がこんなに高い方なのね。

落ちついて見ると思っていた以上に長身だった朔弥に清子は慌ててマスクを整えた。そして正座し、彼に頭を下げた。

「はい……お世話になりました。これで帰ります」

そうは言っても力のない様子を悟った朔弥には、彼女が熱を帯びているのが伝わってきた。

……この娘。体調不良は俺のせいなのに……なぜ、なぜそれを口にしないのだ。

小柄な彼女を見下ろす朔弥は、それが無性に悔しかった。

……何なのだ、一体。この娘は。

「おい、手を貸せ。どこだ」

「ここです」

朔弥が伸ばした手にやってきたのは彼女の小さな手だった。触れた手は荒れており、熱を帯びていた。これを摑《つか》んだ朔弥は心を握られた想《おも》いがした。

「熱があるじゃないか。これで帰れるのか」

「はい。帰ります。それに、これ以上……甘えるわけには参りません」

吐息もたどたどしい彼女の声に朔弥は唇をかみしめた。

……俺だったのか？　相手を知ろうとしなかったのは。

彼女を資産目当てと決めつけ、金を投げつけた。故意ではないが怪我をさせ雪道を帰らせようとした。この自分の行為を恥じた朔弥は、頑な心から一歩前に出た。

「他には、その顔は、痛まないのか」

「顔？　顔ですか？」

「目の周りをぶつけた様だ、と瀧川が申しておったぞ」

傷を探す様に清子の頬を撫《な》でる彼の指は優しかった。これに清子は心が止まった。

「ん？　何だ？　痛むのか」

「……そうではありません」

マスクに触れた朔弥の指に、返事をするかのように清子の涙が流れてきた。びくっと驚いた彼に、清子は静かにマスクを外した。

「これは生まれつきで……私の顔には青い痣があるのです」

「痣……では怪我ではないのか」

「はい。痛みはありません」

ほっとする彼の表情に清子は思わず胸がどきんとした。清子の頬をなぞる彼の手に、清子はこの気持ちを包むように自らの手を重ねた。

「心配してくださったんですね。でも、もう平気です」

「ではなぜ泣く……」

自分ではなく空を彷徨《さまよ》う彼の視線に、清子は大きく深呼吸をした。

「私は……このような顔なので、他の人には恐ろしく見えるのです。でも怖がらない方に、初めて会えたので、つい」

嬉《うれ》しくて、と言う言葉は涙で消えた。しかし涙が伝う頬に手を当てていた朔弥には言葉以上に伝わった。

「そうか……」

「お世話になりました」

ここで清子は彼の手を解き帰ろうとした。が、彼はその手を離さなかった。

「え？」

「お前、名は」

「伊知地清子です」

「きよこ、とはどういう字だ」

「清《きよ》らかの、清《きよ》です。子は、子どもの子、です」

「わかった」

彼は息を整えて清子に向かった。

「だが、まだここにいろ。熱が下がるまで寝床だ」

「でも、私は」

すると彼は手に力を込めた。

「命令だ。こんなお前を帰すわけにはいかない。さあ寝ろ」

そう言い放った彼は部屋を出て行った。窓の外は氷柱から滴る雪解けの音がしていた。

北国、函館。二人の出会いは、春の足音と共に始まった。

二　彼女の理由

「して先生。清子《きよこ》様の容態はいかがでしょうか」

「額の傷は浅いのですぐに治るでしょう。それとあの熱は、流行《はや》りの感冒ですね」

岩倉《いわくら》家の客間にて心配そうに尋ねる瀧川《たきがわ》に、清子の診察を終えた医師は淡々と説明した。

柱時計の針はもう少しで午前十一時の今。暖炉の薪がパチパチと燃える音を背にした医師は、黒い革鞄《かばん》から薬を取り出した。

「熱冷ましの薬です。これは眠れない時だけお使い下さい。高熱は三日程で下がりますが、それよりも他に気になることがあります」

「他と仰《おっしゃ》いますと」

「あの娘は栄養失調ですね」

朔弥《さくや》は黙って聞いていたが、病状を知り、足を組み直した。

「栄養失調？　瀧川。伊知地《いちじ》家はそんなに困窮しているのか」

「私は詳しくは存じませんが、清子様は確かに痩せていますね」

視力が乏しく、清子のことはぼんやりと見える程度で顔まではわからない彼は、医師に尋ねた。

「先生。彼女の顔の痣《あざ》とは何なのですか」

「本人に確認したところ、生まれつきのものですね」

「よくあることなのですか」

「……そうですね、女性に多いものです」

椅子に座り直した朔弥に医師は説明を続けた。

「妊娠中の母親が体をぶつけたせいと責められることがありますが、これは遺伝によるものという説がありますが、実際はまだよくわかっていません。決して本人のせいではありません。皮膚が青いだけです。顔や背中に多いのが特徴で原因はわかっていません」

「背であれば他人には見えぬからな。しかし顔ならば隠せぬな」

朔弥の言葉を耳にした医師は、カルテを書きながら頷《うなず》いた。

「仰る通りです。ゆえにそういう方は容姿を気にして屋外に出ないことが多く、世間的にはこの症状があまり知られていません」

「そうか。それは不憫《ふびん》だな」

顎に手を置く朔弥と、万年筆を胸にしまった医師に瀧川はそっとお茶を出した。

「朔弥様。清子様は今日で帰ると仰っていますが、いかがなさいますか」

「そうだな……」

帰宅を決めかねている朔弥は、目を伏せ、腕を組み医師に質問をした。

「まだよくわかっていない……ということは、その痣は治らない、ということですか」

「はい。今の医学ではそうなりますね」

「そうですか」

熱のある娘は帰ると言いその意志は固い。しかし医師の見立てでは体調が悪いということに朔弥は悩んでいた。親が勝手に決めた見合い相手がやって来るのは彼女で七番目。結婚する気がない自分は、この娘もいつものように追い返せばいいはずだった。

……だが、栄養失調とは。どういうことだ。

熱を測るために彼女の手を取った時、身を硬くした彼女の細さを朔弥は思い出していた。父親の命令を異常に気にしていた娘の様子は、彼にはあまりにも不自然に思えていた。朔弥は彼女を感じた右手を見つめながら、自分でも意外な言葉を発した。

「先生。彼女はこの家でしばらく養生させたいと思うのですが、いかがでしょう」

「この家で？　確かにそれが最良ですが」

「ふふふ」

「な、何がおかしい瀧川！」

人見知りの朔弥が発した言葉に医師も眼鏡を直し驚く中、瀧川も思わず笑い声を漏らした。口を尖《とが》らせ頬を真っ赤にした朔弥に医師は真面目に応じた。

「そうですね。清子さんはよく眠れているようなので、この家で栄養を取っていればすぐに回復するでしょう」

納得した朔弥は、次の課題に頭をかいた。

「後は伊知地家だな。これはどう話をすれば良いものか」

若い娘を預かる言い訳をどうするか朔弥は首を傾《かし》げた。これに瀧川が声を添えた。

「朔弥様。ここは『当方にて風邪を引かせてしまったので、治るまで預かりたい』で良いかと。恐れ入りますが伊知地様は、昨夜《ゆうべ》私がご連絡した際、こちらが清子様を気に入ったと思われているご様子です」

「『気に入った』か……まあ。ひとまずそれで行くか」

なぜ頬が熱くなるのか。なぜ心がほっとしたのか。朔弥は自分の思いも気付かずに事を進めていった。


「おい、入るぞ」

「ど、どうぞ」

布団に横になっていた清子は、朔弥を見て起き上がろうとした。布団のずれる音で彼はこれを察した。

「起きるな。寝ていろ」

「ですが」

朔弥は彼女を制し布団の傍《そば》に座った。

……こんなに近いなんて。

布団から体を起こした清子は、高熱の苦しさにマスク無しの素顔であった。若い男性に至近距離で顔を見せたことがない清子は、激しい鼓動を押さえようと思わず胸に手を当てた。この乙女心に気付かない朔弥は淡々と語った。

「お前はまだ熱がある。治るまでこの家にいろ」

「そうは参りません。ご迷惑ですもの。午後にはお暇《いとま》を」

……なんと頑固な娘だ。

帰ると聞かない熱を帯びた細身の娘に、朔弥は苛立《いらだ》ち早口で命じた。

「そんな熱のまま帰せるか。それに伊知地家には連絡済みだ。大人しくしていろ」

心配を誤魔化すため怒ったような口調の朔弥に、清子は俯《うつむ》いた。

……これ以上甘えてはいけないわ。この方に迷惑がかかるもの。

清子は高熱で頭がぼうっとしていたが、とにかくこれ以上、ここにいるわけにはいかないという思いが強まった。

「岩倉様。どうか、私を帰してくださいませ」

「なぜだ」

ムッとする朔弥に対し、布団の清子は必死に訴えた。

「私は、父に、岩倉様の元に嫁ぐように言われてやってきたのです。ですが、それを果たせないのに、このように厄介になってしまって……私はこの御恩を返すことができません」

「返せずとも良い」

「いいえ。父が許しません。どうか、私を帰らせてください」

息も絶え絶えに懇願する清子の声は震えていた。

……この娘……こんな俺に本気で嫁ぐ覚悟だったのか。

そんな娘に対し、自分は理解しようとせず、卑怯《ひきょう》にも断らせようとした。自分のした酷《ひど》い仕打ちを思い返した朔弥は、身も心も辛《つら》そうな娘のそばで何もできない悔しさに唇を嚙《か》み締《し》め、拳を握った。

……俺は目が見えないのだ。何も、何もできないのだ。

それは事実だが、言い訳でもあった。清子の懸命な声に、誤魔化していた心に気付かされた朔弥は、不甲斐《ふがい》ない自分への怒りが滲《にじ》み、思わず坐《ざ》している足に力を込めていた。

「岩倉様。お願いします」

すすり泣く清子の様子は嫌でもわかった朔弥は、葛藤していた。

……本人の望み通りに帰せば済む話だ。しかし、俺は。

「大丈夫です。私、もう平気です」

「では、手を貸せ。熱いに決まっている」

朔弥が伸ばした大きな手を見た清子は、とっさに頭を冷やしていた氷嚢《ひょうのう》を摑《つか》んだ。

……帰らないと。これ以上は迷惑だもの。

清子は冷やした手を目が不自由な彼の手に重ねた。この一瞬だけ熱を下げた清子の偽りの手に触れた朔弥は、違和感に思いを止めた。

「おかしい……それに氷の匂いがする」

「あ」

朔弥は清子が驚く間も与えず、彼女の手首を摑むと反対の手で浴衣の袖をまくり、二の腕を摑んだ。

……熱があるじゃないか。それにこんなに痩せ細っているとは。

「やはりな。身はまだこんなに熱い。お前、私を騙《だま》そうとしたな」

「……岩倉様。本当に、私、ここにいてはいけないのです」

むせび泣く清子の悲しい願いをぶつけられた朔弥の腹は決まった。

「だめだ」

「岩倉様！」

「帰りたければ、治す努力をしろ。話は……それからだ」

朔弥は部屋を後にした。今の朔弥にはこれが精一杯だった。


自室に戻った朔弥は、秘書の近藤《こんどう》と仕事の話を始めた。火鉢の前で先に書類を読んでいた近藤は、鼻に下がった眼鏡を直しながら朔弥に向かった。

「専務。南洋《なんよう》貿易会社から返事が来ています」

「読んでくれ」

「はい」

目を瞑《つぶ》り机に肘をついた朔弥は報告を聞いた。岩倉家、長男の朔弥は父が経営する岩倉貿易会社の専務である。視力が乏しい彼には商才があった。秘書の近藤を使い情報を収集し、主に貿易する商品や数の決定に強かった。

人見知りの性格もある朔弥は外出を好まず、瀧川と暮らす岩倉家下屋敷《しもやしき》で仕事をし、指示を出すことで会社の経営を支えていた。

独身の二十五歳。仕事をこなし、紙細工の趣味に勤《いそ》しむ彼は結婚とは無縁と思い暮らしてきた。しかし、今この時も伊知地清子という娘のことが頭から離れずにいた。

……あんなに父親を怖がって。伊知地家には何かあるのか。

「専務。あの」

……栄養失調だと？　あり得ない。

「もう、朔弥！　おい！」

「ん。何だと」

「何って。こっちが聞きたいよ」

秘書の近藤は幼馴染《おさななじみ》である。様子がおかしい朔弥に遠慮無しに問い質《ただ》すと、朔弥は頭をかきながら語り出した。

「すまない、ちょっと考え事を」

「もしかして。奥座敷《ざしき》の姫君のことかな」

「ど、どこでそれを?!」

動揺する朔弥をよそに、近藤はセルロイドの丸眼鏡を外して拭いた。

朔弥と同じ二十五歳の独身。秘書の近藤正孝《まさたか》は朔弥の運転手も兼ねていた。少し癖のある髪が人懐こい雰囲気の彼は、茶色の背広姿で微笑《ほほえ》んだ。

「瀧川さんから聞いたぞ。お前、見合い相手を住まわせているそうだな」

「全く。目敏《めざと》いな」

朔弥は頬杖《ほおづえ》をつきながら呟《つぶや》いた。

「あの娘、今までの見合い相手とはどうも様子が違うのだ」

「では、お前、とうとうその気になったのか」

「……まだよくわからん」

今は清子の体調が純粋に心配な朔弥は真顔で答えた。近藤は眼鏡をかけた。

「お前がそこまで思うとは？　これはいよいよ本物か」

「冷やかすな。それよりも、その娘の様子がおかしいのだ」

朔弥は近藤に清子の容態を語った。怪我《けが》をさせた事、風邪を引かせた事。さらに診察した医師に、清子が栄養失調だと言われたと述べた。

「正孝はどう思う？　俺には伊知地家の令嬢が、栄養失調とは解《げ》せないのだ」

「確かに。そうか伊知地家、か……」

仕事を放り出した近藤は、手帳を取り出し万年筆のペン先を滑らせた。

「ええと。清子嬢だな。家の事情を俺が調べてみるよ」

「頼む。他にも気になることがあるのだ」

朔弥は清子が父親の指示を異常に気にしている事も含め、調査を依頼した。近藤はこの親友の頼みを、快く引き受けた。

こうして朔弥はようやく仕事に取りかかり、一段落した頃には日が落ち始めていた。夕日が差す部屋で近藤を見送ると、ほどなく夕食の時刻となった。食卓についた朔弥は、食事を運ぶ瀧川にそっと尋ねた。

「どうだ、娘の様子は」

「粥《かゆ》を召し上がりましたよ。それと、リンゴを少々」

「食欲が出てきたのか。よかった」

朔弥は安堵《あんど》の表情を浮かべ食事を始めた。人嫌いの彼が清子を案じ、そして心を緩ませている様子を目にし、瀧川は嬉《うれ》しさをそのまま光らせるように、彼に微笑んでいた。

……そうだ、元気になったら、一緒に食事をしよう、それなら彼女のことがわかるから。

なぜこんなに心が温かいのか、弾むのか、彼にはわからなかった。そんなことを思いながら彼はこの夜、眠りについた。

◇◇◇

数日後の朝。朔弥は起きて洗面所で顔を洗っていた。その時、廊下を歩く音がした。

「おはようございます」

「おはよう。どうだ、調子は」

「はい。ぐっすり眠れました」

清子の声に弾みを感じた朔弥は、思わず笑みをこぼした。

……本当に元気になったようだ。足音も軽やかだし。

「もう起きてよいのか」

「はい。昨日、お医者様に少し動いて良いと言われたのでお手伝いを」

朔弥はこの健康時の瑞々《みずみず》しい声に思わず胸が弾んだ。だが、その内容に動きを止めた。

「今何と申した？　手伝いと聞こえたが……お前が？」

「はい。これからお掃除を」

……病み上がりだぞ？　それなのに。

良家の才女としてやってきたはずの彼女の言動に、朔弥は眉を顰《ひそ》めた。

……しかし。この娘。やめろと言っても聞かぬであろうな……

彼女が頑固な性格だと十分悟った朔弥は、少々考え顔を上げた。

「わかった。では玄関に行って新聞を取って来てくれ」

「はい」

「私は居間にいるので。持ってこい」

「はい！」

……よかった。私にもできることがあって。

清子はパタパタという足音を立て玄関まで向かった。朔弥はその間、部屋で彼女の音を聞いていた。彼女が玄関で下駄《げた》を履き、扉をそっと開き、郵便受けから新聞を取り出す愛らしい音色は彼の心をくすぐっていた。

「お待たせしました、岩倉様。旭《あさひ》新聞と、明治新聞。こちらは函館新聞です」

「そうか……お前……新聞が読めるのか」

「は、はい」

新聞を持って来た清子に朔弥は一瞬固まった。これに清子は動揺したが、彼はそばに置いてあった座布団を指した。

「とにかく座れ」

「何か？　私、いけないことを」

「まだ何も言っておらぬ」

そう言いながら清子は素直に座った。この気配を感じた朔弥は、照れ隠しに咳払《せきばら》いをした。

「では読んでくれ。まずは明治新聞からだ」

「はい。見出しを読みますね。ええと……」

紙面を畳に広げて読み出した清子の声は、ちょっと緊張していた。彼女の可愛《かわい》らしい声を独り占めした朔弥は、頬杖をつき微笑を殺して聞いていた。

朝食までのひと時。二人の春の部屋には、朝日が差し込んでいた。

三　かりそめの婚約

数日を経た春の朝。まだ全快とはいかないが、清子は調子を取り戻してきていた。緊張しながらも弾みのある声は、彼女が元気になった証拠である。新聞の内容もさる事ながら朔弥《さくや》は今朝も彼女の声も楽しく聞いていた。

「他にはですね。三面に大和《やまと》自動車の新型車の記事がありますね。『アメリカ車と合同開発』とあります」

「ほお」

朝の優しい日差しで清子《きよこ》が新聞を読む中、部屋の柱時計がボーンと鳴った。

「そろそろ時間だ。食事に行くぞ」

「そうですか。どうぞ足元にお気をつけて」

清子は新聞を読むのを止め丁寧に戻した。そして目の不自由な彼を気遣い、そばに立った。しかし彼はそれを待たずに部屋をスタスタと歩き出した。

……そうよね。ここは岩倉《いわくら》様のお屋敷《やしき》ですもの。

介助など不要の朔弥に余計な配慮をしてしまったと省みた清子は一歩下がって見ていた。

二人で出た廊下。朔弥は食事がある居間へ足を進めたが、不思議と背後からついて来ていたはずの清子の足音が途絶えてしまった。

「ん？　おい」

振り向くと彼女の気配が消えていたが、朔弥は一人で味噌汁《みそしる》の匂いがする部屋へ入った。

「朔弥様。おはようございます」

部屋には瀧川《たきがわ》の気配しかなかった。おはよう、と挨拶を返した朔弥は定位置の座布団に座りながら尋ねた。

「ところで。彼女はどこだ。ここにはいないようだが」

「一緒ではなかったのですか」

朝食の支度を済ませて待っていた瀧川は、二人の声が部屋からしたのでてっきり一緒に来ると思っていた。彼のそばにいない清子を瀧川は探しに行って、すぐに戻ってきた。

「お部屋にいらっしゃいました」

「ここへは来ないのか」

「はい。一緒に食事はできないと仰《おっしゃ》られて」

清子を待っていた朔弥は瀧川から理由を聞いた。

「清子様は、お食事はいつもお一人で召し上がるそうです」

「……それは立場上、そうしているということか」

瀧川は深い溜《た》め息《いき》をつき、清子がいる部屋の方向を見た。

「あのご様子ですと、ご自宅でもお顔を気にされて、いつもお一人で過ごされていたのかもしれませんね」

「痣《あざ》のせい、か」

顔の痣は彼には見えない。しかし、本人が相当気にしているのはわかっていた。

……それにしても、誰とも食事をしないとは。

目が不自由であるが、家族の支えがあった彼にはひどく酷《むご》いことに思えた。

「……駄目だ。呼んでこい」

「ですが」

「いいからここに呼べ。私は食べずにずっと待っていると言ってくれ」

「かしこまりました！」

瀧川はどこか朗らかな足音を鳴らして部屋を出た。朔弥は清子が来るのをずっと待っていた。やがて廊下から瀧川の弾んだ声と、彼女が臆してゆっくりやって来る音がした。

「お待たせしました。どうぞ、清子様」

「あの。岩倉様。私が同席では、その失礼かと」

「待たせる方が失礼だ。さあ、瀧川、用意をしてくれ」

……とは言っても。見合いの日は俺が彼女を待たせたんだよな……

朔弥は彼女もこんな不安な気持ちだったのか、と心の奥で詫《わ》びていた。やがて運ばれてきた御膳にはいつもの瀧川の料理が載っていた。朔弥には白米、清子には粥が茶碗《ちゃわん》に盛られていた。そんな二人の前にはニシンと昆布の煮物、添え物には春を知らせるフキの和え物があり、白味噌仕立てで作られた味噌汁は、帆立の稚貝がお椀《わん》から溢《あふ》れるほどの豪快さである。そして大盛りのタクアンと白菜のお新香《しんこ》が朝のお膳を元気に彩っていた。朔弥は対面の彼女がこれを遠慮せずに食べるのか気になった。

「良いか。この家では私の言う通りにせよ。一人で食事など決して許さぬ」

「申し訳ありません。家ではずっとそうしてきたので」

心苦し気な清子の声に彼は胸が痛んだ。そして箸を取ったが、彼女はなかなか動き出さない様子だった。

「まだ何か問題があるのか」

「いえ、私は誰かと一緒に食べることがないので、その、緊張して」

「では私の隣に座れ。瀧川、頼む」

自分と食事をしようとしてくれた彼女に朔弥はすぐ対応した。瀧川がお膳を移した席に清子は移動し、彼と横並びになった。朔弥は隣の彼女に声を掛けた。

「これなら私の顔が気にならないだろう、さあ、食べろ」

「はい、いただきます」

さすがに観念した清子は一緒に食べた。薄味の朝のお粥《かゆ》は優しい味がした。

食後。食器を片付けると言い出した清子に朔弥は好きにしろと言い放った。たくさん食べた彼女の様子から元気な姿を感じた彼は、彼女のやりたいようにさせたいと思ったからである。瀧川と会話する彼女の弾む声に明るさを感じながら朔弥は、やってきた近藤《こんどう》と自室で仕事をしていた。

「え？　もう見出しを知っているのか」

「ああ。今朝は彼女が読んでくれたのだ」

近藤は機嫌の良い朔弥に驚きながら、畳の部屋であぐらをかいた。

「その清子さんについてだが、伊知地《いちじ》家を調べてきたぞ」

伊知地家の令嬢は函館《はこだて》の名門女学校に通っており、母親と仲良く買い物に出かけていると近藤は説明した。

「だがこれは妹さんの事だな」

「妹か、そして？」

「ああ。長女の清子さんの事はなかなか聞けなかったのだが、タバコ屋の女主人の話では、清子さんは顔に傷があると思われているようで、怖がって誰も近寄らないという噂《うわさ》だったな」

「……だがな、新聞は読めたし、計算もできたぞ」

朔弥は清子の才女ぶりを不思議に思った。その隣で近藤は手帳を開く音をさせた。

「それなんだが、……清子さんは週に一度、寺に通っていてな。そこで色々教わっているんじゃないかな」

「では家での扱いはどうなのだ。正孝《まさたか》、お前の目に彼女はどう映る」

清子の様子はどう考えても、家族に大事にされているとは思えなかった。朔弥は親友に真実を問うた。近藤は言いにくそうに、一瞬押し黙った。

「……はっきり言わせてもらうけどな」

座り直した近藤は清子の印象を正直に打ち明けた。

「とても令嬢とは思えないな。お前は知らないだろうが、粗末な着物で俺が見るといつも頭巾をかぶっていて、顔を隠しているんだ」

「この家の中でもか？　俺も瀧川も顔の事は何も言わないのに」

「それだけ自分に自信がないのだろうな」

　痩せて顔色も悪いという医師の言葉を朔弥は思い出していた。近藤は構わず話を続けた。

「でもな。この家では生き生きとやっているぞ。瀧川さんと家の仕事を楽しそうにしている」

「正孝、俺はこう思うんだ……」

　朔弥は親友に改めて膝を向けた。

「彼女は、やっぱり今までの娘達と違うんだ……それに」

「それに？」

「彼女は俺に似ているところがある。だから、自分を見ているようで、なんだか放っておけないんだ」

　近藤はそんな素直な朔弥の肩に、優しく手を置いた。

「だったら。彼女に決めたらどうだ」

「……結婚しろということか」

「それを決めるのはお前で俺ではない。でもな、彼女、本当に楽しそうだぞ……」

　近藤は青空が広がる窓を開けた。そこからは清子と瀧川の楽しげな声が流れてきた。

「今だってな。瀧川さんからカゴを奪ってな、洗濯物を竿《さお》に干しているんだ。瀧川さんも、ほら、諦めた」

「頑固者戦争か、ふふふ」

楽しそうなのは朔弥もだった。これを指摘すると彼がへそを曲げるので、近藤はあえて黙っていた。家に籠っている幼馴染《おさななじみ》の朔弥の久しぶりの笑顔に彼も嬉《うれ》しくなっていた。

「朔弥。俺はもっと伊知地家を調べておくよ」

「わかった。ともかく俺は彼女を当分、帰すつもりはないから」

へえ？　と眉を上げた近藤を知らずに、朔弥は笑みを浮かべていた。


この後、仕事の話を終えた近藤は帰っていった。自室にいた朔弥は、瀧川に彼女を呼んでもらった。

「お呼びでございますか」

「ああ。相談がある、そこに座れ」

朔弥には清子の言葉がくぐもって聞こえてきた。彼女がマスクをつけていることを悟った朔弥は、勇気を出して彼女に向かい合った。

「まず結論からだ。私はお前と婚約しようと思う」

「……破談だったのではありませんか？」

驚く清子の声を、朔弥は誤魔化すように続けた。

「私は当初、お前という娘を知らずにそう申したのだが。よく考えると、お前と破談しても、また次の女が来る。それはそれで面倒なのだ」

「だから私と婚約するのですか」

「それもある。しかし、お前はどうだ。父親に嫁ぐように言われてここに来たと言っていたではないか」

「そうですね……」

朔弥は言葉こそ冷たいが、態度は優しい男性だった。彼とは会って間もないが、それを知る清子は返事に困っていた。

……初対面で破談と言われたから。てっきり元気になれば、追い出されると思ったのに。

彼の真意がわからない清子は戸惑っていた。この彼女の心の揺れを朔弥は感じ取った。

「何か不満か」

「いいえ？　あの、『私などで』良いのかと思ってしまって」

清子の声は自信がないことを示す小さな声だった。そんな彼女に朔弥は胸が苦しくなった。婚約話が突然すぎるのは十分、承知している。しかし彼は彼女の心が整うのを待っていられなかった。

「だったら仮初《かりそめ》でも構わない。良いな？　今日からお前は私の婚約者だ。伊知地家にもそう伝える」

そう気持ちをぶつけた朔弥は手探りで清子を求めた。思わず清子が彼の手を取ると、彼も清子の手を握り返した。その手は温かかった。

……大きな手……それになんて温かいのかしら。

朔弥の手は、清子の不安な心を融《と》かしていった。

「それにだ。私のことは名前で呼べ。私もお前を清子と呼ぶ」

「はい」

「それと……これがマスクか」

そして彼の手は清子の肩から首、顎をたどり、マスクをなぞるように触れた。この覆いで日々顔を隠している清子に、朔弥は憤りに震えた。

……こんなことを人にさせてはならぬ！　この娘だって、生きているのだから。

清子の澄んだ声、元気よく歩く音から朔弥は彼女のまっすぐな心を捉えていた。世間の彼女への冷遇に対する怒りを押し殺した朔弥は、やっと言葉を絞り出した。

「この覆い。私の前では必要ない。これがあると言葉がうまく聞き取れない」

「ですが。外すと皆さん不快に思われます」

『私の前では』と申したはずだ」

戸惑う清子の緊張を解こうと、朔弥はそっとマスクから手を離した。

「他ではお前の好きにすれば良い」

憤りのままに発した朔弥の言葉に、清子は深呼吸をした。

「わかりました」

その返事はマスクの事か、あるいは婚約の事か。心は穏やかではない朔弥が尋ねようと清子を向いた時、彼女は畳に三つ指をついた。

「朔弥様。清子を、どうぞよろしくお願いします」

……ああ、よかった。

この言葉がこんなに欲しかったと知らなかった朔弥は思わず天を見遣《みや》った。朔弥は喜びに手を伸ばし、まだ顔を伏せている彼女の手にその手を重ねた。

「こちらこそ、よろしく」

「はい」

顔を上げた清子の恥ずかしそうな声は、朔弥を安堵《あんど》させた。

「……では、お茶をくれ」

「はい」

柔らかい声で立ち上がった清子はパタパタと元気な足音響かせ部屋を出て行った。彼女の残り香が漂う春の部屋。朔弥は勇気を出し彼女を引き留めた己の心をそっと称《たた》えていた。

翌日。新聞を確認した朔弥は急に外出する事になった。彼が瀧川に手伝ってもらい服を着替えている間、居間では近藤が待っていた。清子は、顔に覆いをした姿でお茶を出していた。

「ありがとう。朝から慌ただしくて済まないね」

「いいえ。あの、近藤様。これからお車でお出かけになるのですよね」

不安そうに窓の外の車を確認した清子は、紅茶を一口飲んだ近藤にさらに尋ねた。

「運転は近藤様がなさるのですか？」

「そんなに朔弥が心配かい？」

「そういうわけでは」

「ハハハ。大丈夫だよ。これでも無事故だから」

豪快に笑う近藤は懐中時計をちらと見た。

「さて。安全運転をして欲しいのなら、そろそろ連れてきて欲しいんだけど」

「様子を見て参ります。あ」

そんな話をしている時、戸が開いた。瀧川だった。

「お支度が整いました。近藤様。清子様もお見送りを」

清子が玄関まで向かうとそこには朔弥が立っていた。

グレイのスーツ。黒髪を一纏《ひとまと》めにし、黒い中折帽をかぶっていた。凛とした佇《たたず》まいはとても目が不自由な人とは思えない風格があった。

「清子。靴を」

「はい。こちらに」

清子は彼が出した足に革靴を合わせた。かかとが入らない彼は自分で靴べらですっと履いた。所作が美しい朔弥に、そばにいた清子は見惚《みと》れていた。

靴を履いた朔弥と靴べらを受け取った清子の横で、近藤はさて、と車の鍵を手にした。

「朔弥。俺は先に行ってエンジンをかけているからな」

「清子様。私は洗濯の途中なので、今朝のお見送りはお願いしますね」

瀧川はよろしくと清子に告げ廊下の奥に消えた。玄関には二人だけになった。

「何かあったのか？」

「いいえ」

清子の声が急に小さくなったため、朔弥は彼女の肩に手を置いた。

「近藤とは楽しげだったのに。急に声が小さくなったが」

「それは」

「申せ」

面白くなさそうな朔弥の声に清子はドキッとした。

「はい。その、お出かけされるのが、ちょっと」

いつも家にいると思っていた朔弥の外出を目のあたりにした清子は、彼が実業家であり、かりそめのフィアンセという現実を改めて思い知り寂しくなっていた。

……これが本当のお姿なのね。私もしっかりしないと……

「清子……手を出せ」

この時、朔弥がポケットに手を入れて何かを出した。

「懐中時計ですね」

「壊れて使っていないが、これはお守りのようなものだ。今日は私の代わりに置いて行く」

「朔弥様の代わり」

朔弥は清子の手に優しく置き、握りしめさせた。金の蓋《ふた》の時計の鎖は光っていた。

「私が帰るまで。お前に預けるからな」

少し頬が染まる朔弥に、清子はほっとした。

「はい朔弥様。私、留守番をしています。さあ、参りましょう」

時計を胸元にしまった清子は杖を手渡した。洋風の素敵なステッキを受け取ると彼はそっと手を出した。

「あ、ああ。手を貸してくれ」

二人は手を繋《つな》ぎ車まで一緒に連れ立った。こうして朔弥を見送った清子は、家の仕事を手伝い、午後は部屋で英語の勉強をしていた。

「清子様。入りますよ」

「はい。どうかなさいましたか？」

入ってきた瀧川は笑みを見せた。

「お電話がありまして。朔弥様はお仕事が入ったので、夕食は要らないそうです」

「今夜は遅くなるのですね」

「ええ。もしかすると本宅にお泊まりかもしれません」

こんな日もあるのか、と清子は窓の外を見た。雨がガラスを打っていた。

「そこで。瀧川と二人だけのお夕食なので！」

瀧川は夕食を一緒に作ろうと言った。することがなかった清子は、喜んで割烹《かっぽう》着を身につけた。瀧川は台所で野菜を取り出し、腕まくりをした。

「それと、私を呼ぶのに、様は要りませんからね、さあ、始めましょう」

「はい。わかりました。ええと、瀧川さんはライスカレーを作るのは初めてですか」

「そうです。一度作ってみたかったのです！」

朔弥は和食好きである。そのため今まで挑戦できなかったと瀧川は悪戯《いたずら》顔で微笑《ほほえ》んだ。

清子は顔の覆いも忘れ、瀧川と一緒に台所に立った。清子は優しかった亡き祖母とこうして一緒に料理した昔を、懐かしく思い出していた。

「ところで。清子様は伊知地の家では、どのようなことをされていたのですか」

「寝たきりの祖母のお世話をしておりました……二年前に亡くなりましたが」

「そうですか」

身の上話を何気なく聞き出す瀧川に、清子は少しずつ心を融かしていった。

「私は顔の痣《あざ》のせいで女学校には行けませんでした。その時間、祖母の世話ができたのは良かったのですが、祖母は自分のせいで私が学校に行けなかったと気にしていて。私にお寺にお参りに行くように言ってくれたのです。私はそこで読み書きを習っていました」

「道理で本や新聞をお読みになりますものね。そうでしたか」

清子は初等教育しか受けていなかったが、誰もが見逃すような細かい出来事に関心があり、妹の古い教科書などで調べ考えるようなところがあった。仕事にしても一度で覚え、理解が早い清子に瀧川は嬉《うれ》しくなっていた。

まな板に向かっている今も話をしながら手際よくニンジンの皮を剝《む》き、楽しそうにジャガイモの皮を剝いている。包丁を器用に使い、食材を無駄にしない鮮やかな腕前だ。

確かにここ岩倉家は資産家の家であるが、朔弥は贅沢《ぜいたく》を好まず慎《つつ》ましい暮らしを望んでいた。どんなわがまま花嫁候補が来るかと思っていた瀧川は、水も大切に使う清子の綺麗《きれい》な仕事ぶりに目を細めていた。

「瀧川さん？」

「……すみません。朔弥様の、昔を思い出しておりまして」

瀧川の夫は岩倉家の仕事を手伝っていた。そんな夫は若くして事故で亡くなり、幼い子供を育てていた瀧川は、朔弥の乳母として岩倉家に長年勤めてきた、と語った。

「そんな息子も今では結婚して。私は孫もいるのですが、やっぱり仕事が好きなのでここに置かせてもらっています」

「瀧川さんはお若いですよ。まだまだこれからですよ」

「いいえ歳《とし》です。だから朔弥様には早くお嫁さんをもらっていただいて。身を固めて欲しいのです」

「そう、ですか」

それしか言えない清子に瀧川は嬉しそうな顔を見せた。

「ですので清子様、朔弥様をよろしくお願いしますね」

「え、私ですか」

思わず頬を染めた清子に瀧川はハハハと大きな声で笑った。かりそめの婚約だと知らない瀧川に対する申し訳ないという思いと、嫁という言葉は清子の心を重くしていった。

そして二人だけの食事を楽しんだ清子は言われるまま布団に入ったが、密《ひそ》かに朔弥の帰宅を待っていた。

鬱々としている中、部屋の時計の針は零時を回っていた。

……朔弥様は、まだお仕事かしら。

布団まで持って来てしまった懐中時計。彼がお守りと言うように初めから秒針は動かず、時計の動きは止まっていた。清子は蓋を開ける事はせず、ただそれを胸に抱き、そして握り、やがて枕元に置いた。

なかなか寝付けないのはなぜなのか。清子にはわからなかった。

翌朝。すっきりしないまま起きた清子は、晴天を前に洗濯物に取り掛かった。何もしなくて良いと瀧川は言ってくれたが、落ち着かない心は家事をしている方が楽だった。

そして一通り家事を終えると、今度は届いた新聞を読んでいた。

……朔弥様が気にしていた会社の株価が上がっている。それに、先週話していた会社が新聞に載っているわ。

時間がある清子はノートを取り出し、気になった点を読み返すことにした。

……今まで気が付かなかったけれど、同じ出来事でも新聞によって解釈が違うのね。

大手外国企業の日本進出について。明治新聞は『活性化の好機』と捉えているが、函館新聞では『国産品の競争相手となり脅威である』と扱っていた。

……だから朔弥様は、同じ出来事の記事を聞き比べるのね。それぞれの意見を知るために。

なるほど、と清子が感心しつつ三社の新聞をじっくり読んでいると、あっという間に昼食の時間になった。清子は瀧川とうどんを食べ、午後も早速新聞の読み比べに取り掛かった。

……あれ、この会社は何屋さんかしら？　よく分からない……

さらに経済欄には専門用語が並び、普段目にしない言葉に清子は四苦八苦していた。必死に知っている文字を追う清子は、やがて疲れを覚えて休憩を取ることにした。

「瀧川さん。どちらにいますか？」

「清子様。ここですよ。廊下の突き当たりの部屋にいます」

他の仕事を手伝おうと瀧川を探し歩いた清子は、一階の廊下を進み、声がした東側の半開きの戸を開いた。

「失礼します。まあ、ここは」

「埃《ほこり》っぽいですが、どうぞお入りください」

「これは、すごいですね……」

その六畳間の和室には珍しい物が棚に整然と置かれていた。まるで骨董《こっとう》品店のように並んでいる品は清子が見たことがない物ばかりで、思わず見回した。

「ここは納戸なのですよ」

「これは、蓄音機ですか。それに、このコップは緑色に見えますけれど」

「ああ。それはフランスのウラングラスです。朔弥様のお父様が骨董品好きでしてね。掘り出し物があると買ってきて、ここに保管しているのです」

「綺麗……お人形もありますね」

「それはドイツ製ですね。貿易の仕事をしているので手に入るのでしょう。さてと」

高価な輸入品に関心がない瀧川はこの部屋からオイルランプを持ち出した。清子は一緒に部屋を出た。瀧川はランプの手入れをすると言い、出番のない清子は自室に戻った。

……あんな高価なものがたくさんあるなんて。朔弥様は本当に資産家なのね。

手伝おうと新聞を読んでみたが、彼が自分の読み上げた情報を仕事に使うと思うと、急に畏れ多い気がしてきた。さらに気が付けば屋敷《やしき》内にあるものは高価な品ばかりという現実を前にした清子は、自身の場違いさに居たたまれなくなり、溜《た》め息《いき》交じりで庭に出た。

……やっぱり。私は、この家のお嫁さんは無理だわ。相応《ふさわ》しくないもの。

彼との婚約はかりそめであった。自分は愛されたわけではなく、ただ都合が良《い》いだけの偽りの間柄である。それを受け入れようとしたが、優秀で裕福な彼を思うと、学校に通っておらず、痣がある惨めな自分は、彼の役に立てないと思ってきた。

初めて自分の外見を気にせず接してくれた岩倉朔弥という人間への湧き出る感情を、打ち消すように清子は春の海を望んだ。白波が立っていた。

……でも、今は実家に帰れないわ。朔弥様の懐中時計を預かったから。

着物の胸元に収めた時計をそっと押さえながら、清子は屋敷の中に戻って行った。

四　岩倉家上屋敷《いわくらけかみやしき》

「それでは本日の予定です」

運転中の近藤《こんどう》は説明を始めた。後部座席の朔弥《さくや》は背を預けて車に揺られていた。会社には月に一度、会議のために顔を出す程度の朔弥であったが、今日は取引先の急な株価下落を危惧した社長である父、岩倉元栄《いわくらもとえ》の呼び出しで出社していた。

岩倉家は、北海道函館《はこだて》で明治の発展期に炭鉱への投資で成功した家である。朔弥の祖父が炭鉱地を買収し、ここで事業を始めた。生じた利益を元手に朔弥の父親の岩倉元栄が岩倉貿易会社を起業した。元栄は増やした資金で鉄道の株を所得し、道内の動脈として建設が進む鉄道や、他にも合弁会社など多岐にわたり投資をしていた。さらに不動産投資を積極的に行い、会社を大きくしていた。

岩倉貿易会社は函館山の麓《ふもと》、基坂《もといざか》と市電《しでん》通りの交差点にある。向かいには日本銀行の支店があるここは函館の多額な資金が動く黄金通りだった。岩倉ビルに到着した彼らは、慣れた様子でライトグリーンの西洋式建築のビルの玄関を開けた。社員は全員立ち上がり迎えた。

「おはようございます専務。社長は奥でお待ちです」

「ああ。わかった。近藤、参るぞ」

「はい」

目が不自由でも慣れている朔弥は、暖炉を器用に避け奥の社長室に入った。父親で社長の元栄は電話中だった。

「それは相手次第だ。ああ。相手の数字がわかったら連絡をくれ……おい、朔弥。まずいことになった」

「また、大陸で何かあったのですか」

机を触りながら部屋を進む朔弥に父は語気を強めた。白髪をポマードで押さえ、高級背広を着こなす五十代の元栄は、年齢に似合わぬ若々しい身のこなしで続けて話した。

「ああ。哲嗣《てつし》が摑《つか》んだ話だと、南洋の方では病が流行《はや》っているらしい」

朔弥の弟、哲嗣の情報を受けた元栄は、外国支店の経営について対策を相談したいと続けた。この会社の後継は哲嗣である。現在も取引先への接待や華やかな夜会はすべて哲嗣が引き受けていた。朔弥は専務として、今後の見通しを提案した。

兄弟仲は良好である。性格が大人しい兄と人懐こい弟の関係はバランスが取れていた。

この日、溜《た》まっていた仕事も片付けた朔弥は帰宅しようとしたが、夕刻、会社にやってきた哲嗣に捕まってしまった。

「兄上。やっと会えた……なあ、相談があるんだよ」

「悪いが今日はもう遅い。今度にしてくれ」

兄の朔弥が色白の美形であるのに対し、弟の哲嗣は日焼けした肌に白い歯が眩《まぶ》しい。狩猟の趣味を持つ運動家。じっとしていられない性格を物語るような逞《たくま》しい体付きは、上質の背広姿をさらに素敵に見せていた。目が不自由な兄に手加減なしで向かうのは彼くらいであった。

誘いに対して帰るという素っ気無い朔弥を、哲嗣はいつものように強引に腕をつかみ実家に連れて帰った。なかなか親に顔を見せない面倒臭い兄を、気遣っての事だった。

そんな弟心を知る朔弥は夕食だけ付き合うつもりで実家にやってきた。親子だけの岩倉家の上屋敷の夕食のテーブルに、久しぶりに家族四人が顔を揃《そろ》えた。

「揃ったわね。ではいただきます」

ご機嫌な母の言葉で朔弥はナイフとフォークを持った。母の弓子《ゆみこ》は必死に料理の話をしたが、男三人はまた仕事の話ばかりであった。会社では話せない内容を話し合う男達に呆《あき》れた弓子は、彼らのために酒を用意し、早々にこの席を立った。

息子二人を独り占めしていた元栄は、葡萄酒《ぶどうしゅ》を片手に思い出したように口を開いた。

「そういえば、朔弥。聞いたぞ。伊知地《いちじ》家のお嬢さんに決めたそうだな」

「お嬢さんって。見合いをしたのですか？　兄上」

「……ああ」

素知らぬふりを必死でしていた朔弥に、元栄は静かにと口の前で人差し指を立てた。

「弓子が持って来た見合い話だが、結果はまだ耳には入れていないのだ。大騒ぎになるし、本人に詳しく聞いてからにしようと思ってな」

嬉《うれ》しそうな父に哲嗣は驚きながら、隣に座る兄に軽く肘をぶつけた。

「兄上が気に入ったとは……どんな女性ですか」

「いずれ紹介するさ」

葡萄酒を飲みほした朔弥に、元栄は嬉しそうにグラスを掲げた。

「堅物のお前が気に入ったとは、これはいよいよ本物だ……」

「それよりですね。今度買収しようとしている船会社の件ですが」

期待が膨らむ家族の思いを逸《そ》らすように、朔弥は仕事の話をした。父は実力主義者で、母は感情的な人間、そして自分を慕っている弟の過度の期待を感じ取った朔弥は、この家族に清子《きよこ》を紹介するのはまだ早いと思った。

こうして朔弥は食後に帰ろうとしたが、自宅に仕事の電話が入った。この対応をするために、朔弥は帰宅を断念した。

真夜中、ひとまず会社を窮地から救い出した朔弥は、久しぶりにかつての自分の部屋の布団に潜っていた。

……今頃は、もう寝たであろうか。

朧月夜《おぼろづきよ》。聞こえるはずのない彼女の足音を求めながら、彼は眠りについた。


次の日。父と弟と会社に出勤した朔弥は、近藤と共に仕事の電話に追われた。やっとのことで仕事の方針を決めた朔弥は、疲れた体で岩倉家下屋敷《しもやしき》に帰ってきた。

「ただいま帰ったぞ」

「お帰りなさいませ」

出迎えた清子は元気のない足音だった。朔弥は杖《つえ》を預けながら彼女に尋ねた。

「何かあったのか。元気がないが」

……え？　実家に帰ると言おうとした事が、どうしてわかったのかしら。

この時、朔弥は清子が小さく息を呑《の》んだ気配を感じ取ったが、彼女は誤魔化すように答えた。

「何もございません。さあ、お風呂が沸いてございます」

無理して潑剌《はつらつ》と話す清子の異変を感じ取った朔弥は、脱いだ背広を渡しながら尋ねた。

「何があったのだ。留守中に」

「何もございません」

……明らかにおかしい。

出かけた時と帰って来た今。清子の声の様子が違っていた。自分を待っていたはずの娘の悲しげな様子に朔弥は理由を見出せずにいた。上着を受け取った清子の背がぼんやり見える。彼はじっとしていられず、その細い肩に背後から手を置いた。

「清子。何があったのだ。申せ」

「いえ、何も、ただ」

「言ってくれ」

くるりと振り向いた清子は、寂しく言葉をこぼした。

「やはり、私のような者は朔弥様に相応しくない、と、思って……」

「……清子。またそれか」

「え」

震える朔弥は、清子の肩をぎゅうと摑んだ。

「お前はこの屋敷に来て何度もそう申している！　『私など』、『私のような者』と。お前はそこまで自分を侮辱したいのか」

急に声の色が変わった朔弥に清子は驚きで顔を上げた。

「いいえ？　決してそんなつもりじゃ」

「いいや、お前は自分で自分を貶《おとし》めている」

肩を摑む力は彼の怒りを表していた。普段、物静かな朔弥が本気で怒る様子。清子は、彼の沸点がわからず戸惑っていた。

「お前は顔に痣《あざ》がある事で世間から蔑視されている。だから、自分は最低な人間だと納得しているのだ」

「そんな事はありません」

「ではなぜ『私のような者』と自分を見下すのだ！」

「そ、それは」

清子は子供の頃から化け物扱いだった。これを仕方のない事だと、自分に言い聞かせて過ごしてきた。そうしなければ自分は生きていけなかった。

この悲しみを受け入れてしまった清子の弱さを、朔弥は指摘した。

「私は……このような目で過ごしてきた。やりたい事も叶《かな》わず、他人の力を借りねばならぬ恥の日々を、だ」

「………」

朔弥は怒りを必死で堪えながら、涙を滲《にじ》ませる清子を突き放した。

「他者には気の毒だと思われているかも知れぬが余計なことよ。この世の中、何事も思い通りに叶えている人間がいるのか？　いるわけがない！　人とは業《ごう》の塊《かたまり》。欲は尽きない、それが人なのだから」

「う、うう」

清子は恐怖に泣き出した。しかし朔弥は容赦しなかった。

「私はお前と違って不幸者ではない。そうやっていつまでも哀れな自分に浸りたければ浸っていれば良い……さあ。出て行ってくれ」

涙の止まらない清子は、頭を下げて部屋を出て行った。寒い廊下を必死に歩いた清子は、暗い部屋のあかりも灯《とも》さず、畳に膝をついた。厳しく指摘された清子の頭の中では朔弥の声が響いていた。

……『哀れな自分に浸っている』なんて、私はそんなつもりじゃなかったのに。

しかし、清子は思い返した。今まで自分に向けられた言葉の刃に抗《あらが》ってこなかった事。化け物と言われ否定してこなかった事。清子は過去の自分に襲われるように心に衝撃を受けていた。そんな自分に反し、朔弥は「自分は不幸ではない」とはっきり言った。彼の言葉は強く清子の心を揺さぶった。

清子は畳に伏せ泣き崩れた。今までの弱い自分への悔しさと、朔弥に嫌われてしまった悲しみに染まった清子は、絶望の夜を明かした。


……ああ。もう朝なのね。

気が付けば悲しいほどの晴天だった。雀《すずめ》の声の清々《すがすが》しさに彼女はよろよろ立ち上がった。泣き明かした目には、青空が眩しかった。

……もう、嫌われてしまったけれど。

朔弥に世話になった事を心から感謝していた清子は、せめてこの日、家事を手伝い去ろうと思った。そんな思いで洗濯場に顔を出すと、そこには瀧川《たきがわ》がいた。

「おはようございます」

「おはようございます。体調はいかがですか」

朔弥の荒らげた声を聞いていたのであろうか、昨夜の出来事を案じてくれた不安げな瀧川に対し、清子は赤い目のまま笑みを見せた。

「はい。今はスッキリしています。お洗濯させてくださいね」

そういうと清子はすでに洗濯を始めていた瀧川に代わり、ゴシゴシと洗い出した。朔弥の靴下を、心を込めて洗っていった。

朝御飯の時間。朔弥と顔を合わせるのが怖かったので遠慮しようとした清子であったが、瀧川が呼びにきた。この食事が最後と覚悟を決めた清子は、勇気を出し朝の挨拶をして彼の隣に座った。朔弥はいつもの白いセーターを着て座っていた。

「いただくぞ清子」

「はい。いただきます」

こうして清子は朔弥と食べ始めた。岩倉家の温かい食事は、一人ぼっちだった自分に元気をくれたような気がしていた。清子は最後の食事に感謝しつつ箸を運んだ。

「清子。この後、新聞を読んでもらうからな」

「え……はい。それではその」

「ん？　どうした」

朔弥は動きを止めた。清子は泣きそうな声を必死に誤魔化しながら彼に向かった。

「実家に帰るのは午後にします。他にご用があれば仰《おっしゃ》ってくださいね」

「ならば、午後は文を書いてもらう。そして夕刻には読んでほしい本があるのだ」

彼は何事も無かったようにそう言って飯を食べた。清子はあっけに取られていた。

「あの、それでは。私、帰れませんが」

「……帰るなどと。誰が許したのだ。お前は私のフィアンセだぞ」

確かに昨日、清子に強く言い放ってしまった自覚はある。だが、急に帰ると言われた朔弥は苛立《いらだ》ったようにお膳に箸を置いた。そして立ち上がった。

「早く食え！　そして私の部屋に来るのだ、良いな」

「はい?!」

大きな足音を立てて部屋を去った朔弥の広い背中を、清子は目をぱちくりさせながら見つめていた。

「清子様。片付けは瀧川がしますので」

「でも」

「いいのです。さあ。召し上がってください」

こうして食事を済ませた清子は瀧川に背を押され部屋を出た。朝の家事をしてから実家に帰ろうと思っていた清子は、困惑しながら朔弥の部屋にやってきた。そして朔弥の指示で新聞を読んだ。経済欄を読み上げた後、清子は勇気を出し、気になった点を書き記したノートを広げた。

……ご恩返しになるかわからないけれど、せめて帰る前にお伝えしたい。

意識して息を吸った清子は彼に向かった。

「あの、朔弥様。清子は新聞を読んで面白いことに気がつきました」

「申してみろ」

「小麦粉についてです」

腕を組んだ朔弥に、清子は緊張を抑えて語った。

「朔弥様はアメリカで起こった干ばつのせいで小麦が品薄になり、輸入の小麦粉が値上がりすると話されていましたが、その通りになりましたよね」

「そうだったな。あの記事、正孝《まさたか》は見逃したのに、お前は読んでくれた記事だったな」

「明治新聞の小さな記事でしたので」

この情報を知った朔弥はすぐに実行に移し、安いうちに小麦粉の大量輸入を命じていた。

しかし、清子の視点は別にあった。

「それよりも。小麦粉の値段が上がると、佃煮《つくだに》が売れているようなのです」

「佃煮。それは飯のお供のか」

「はい。確か三年前にも同じことがあったと思います。朔弥様？　どうしてなのか、お分かりになりますか？」

少し元気が出てきたのか、清子の口調は悪戯《いたずら》っぽい早口だった。こんな彼女の愛らしい声に朔弥は、脇息《きょうそく》に肘をつき付き合うことにした。

「なぜだろうな。流行とかか？」

「いいえ。家庭の主婦は小麦を使ったパンが高くなるので、お米を食べるからだと思うのです」

「なるほど、それで佃煮か。飯の需要が増えるわけか」

朔弥には意外であった。ただ新聞を読んでいるだけかと思った清子が過去の情報を記憶し、先を考えていたことに驚いていた。

「はい。こういう関係が他にもあるのです。考えるだけで楽しいです」

「そうか」

……私が留守の間、そんな事をしていたのか。

清子がノートをめくる音に朔弥は胸を熱くしていた。

「これからもっと調べてくれ。私はお前の話を聞きたい」

「でも、私は午後にはお暇《いとま》を」

「暇？」

「はい。昨日、出て行けと……」

……ああ。それであんなに泣いていたのか。

「すまなかった。清子……」

清子の落ち込んでいた本当の理由を知った朔弥は、慌てて清子を求めた。清子はそっと手を重ねた。

「短い間でしたが、本当にお世話になりました。ご迷惑しかかけていませんが、清子は」

「違うんだ！　私が悪かった！」

朔弥は隣に座る清子の手を引き寄せ、必死に思いを告げた。

「清子。私が『出て行け』と言ったのは、この部屋から、という意味だったのだ」

「そう、でしたか」

本気で出て行く覚悟だった清子は、彼の言葉に思い止まった。

「お前は、その……本気でここを出て行くつもりか？　私は、お前に、お前にいてもらいたい」

「朔弥様」

「私が言いたかった事は、なんというか……。お前に自信を持って欲しいというか、自分をもっと大切にして欲しいと、そう思ったんだ」

朔弥は優しく、そして、どこか恥ずかしそうだった。この岩倉朔弥は嘘《うそ》を言うような人ではないと清子はわかっていた。そんな彼が本音で話している今、清子も心を素直に曝《さら》け出《だ》さないといけないと心を決めた。

「朔弥様……あの、清子は、反省しました」

涙が溢《あふ》れてくる清子は、言葉を選ぶようにゆっくり話した。

「私は……生まれつき、この青痣《あおあざ》がありました。でも朔弥様に出会って。家族の中で、祖母だけは普通に接してくれたことを思い出しました」

「……お前にもそういう人がいたんだな」

「はい。そんな祖母は言っていました。『不幸は感じやすく、幸せは感じにくい』と。私は、確かに、祖母の言葉を忘れて嫌なことばかり考えていたと思いました」

清子は覚悟を決めて、手を握ってくれている朔弥を見つめた。

「でも。朔弥様に言われて思い出しました。これからはもっと、自分の仕事や、できることを頑張って、それができることに感謝したい！　な、と……」

「いいんじゃないか、それで」

応援するように朔弥は手を強く握ってくれた。清子は思わず微笑《ほほえ》んだ。かみしめるように話す清子の言葉を朔弥は抱きしめた。

「それで？　お前はそれをどう実行するつもりだ？」

「そ、それで。その、私で良ければあの……朔弥様の元で、私、できることを」

涙を拭いこれ以上は言えない清子を、朔弥はふっと笑顔で包んだ。

「その言葉、我が岩倉家の金庫に確かに預かった」

「え」

彼女の小さな手を握った彼は、自分の頬にそっとその手をつけた。

「ではまず、そうだな……初仕事として、私の話を聞いてもらおうかな」

「さ、朔弥様」

目を瞑《つぶ》ったままの朔弥は清子の手を握ったまま、難しい顔をして迫ってきた。

「そもそも。私は留守にしてお前を心配していたのに……たった一日だけで心変わりをするとは……」

「すみません」

「他にもあるぞ」

ジリジリと間近に迫る彼に、清子はジリジリと下がっていた。

「急に実家に帰ると言い出したり……お前は、私との婚約を反故《ほご》にする気か？」

「それは、だって、かりそめだと」

「清子……」

「きゃあ。朔弥様」

朔弥の接近に清子は思わずのけぞり、畳に背をつけた。この時、倒れた清子に、朔弥は優しく覆《おお》い被《かぶ》さった。目の前の朔弥の端整な顔立ちに、清子の心臓は激しく鼓動を打っていた。さらに彼の髪が胸元に垂れた清子は、恥ずかしさで目を瞑った。

「かりそめでも反故は反故だ。勝手に出ていくことは許さない。誓ってくれ。ここにいると」

「お顔が近いです。朔弥様」

「知っている。返事は」

吐息がすぐそばの二人。清子の鼓動は彼にくっつきそうだった。

「清子」

「はい、誓います」

消えそうな声に彼はニヤリと笑った。この時、鼻が触れたので、清子の顔は真っ赤になっていた。

「決まりだな。さあ。起きろ」

それを知らぬ朔弥に手を借りて清子は身を起こした。すると戸の向こうから声がした。

「もういいかな。入りますよー」

「きゃあ！　近藤様？　いらしたのですか」

頬を染める清子に、朔弥は苦々しい顔をした。

「……ふん。悪趣味め」

慌てて立ち上がり、どうぞと戸を開けた清子は顔の覆いをしないままだった。二人が覚悟を決めたこの日、岩倉家下屋敷《しもやしき》には春色の日差しが降り注いでいた。

五　梅の花が咲いている

「何をやっているんだ。もういい、自分で探す」

「……申し訳ありません」

伊知地《いちじ》家の朝。正也《まさや》は支度が遅い妻に、業を煮やしていた。この日も自分でネクタイを選んだ彼は、朝食も取らずに用があると言って出かけてしまった。

「あ、こんな時間？　優子《ゆうこ》を起こさないと」

伊知地貞子《さだこ》は慌てて二階の部屋の扉を叩《たた》いた。ベッドで眠る次女は寝起きが悪く、声をかけても起きてこなかった。

「ほら、優子ちゃん。朝よ」

「うるさい……出て行け」

「優子ちゃん。遅刻するわよ」

「出て行けって言っているのよ！」

「あ……痛い！　何をするのよ……」

母の腹を蹴った優子はまた寝た。清子《きよこ》が出かけて以来、こんな日が続いていた。

……そうよ。清子のせいよ。全部あの子のせいなのよ。

かつて伊知地家の家事は、使用人が手際良く済ませていた。姑《しゅうとめ》のお気に入りだった使用人は、不器用で気が利かない自分を馬鹿にしていた。姑の死去後、この鬱憤が溜《た》まっていた貞子は、使用人を解雇し、長女の清子に家事雑用をやらせていた。

痣《あざ》のある娘を産んでしまった貞子は、お前に非があると詰《なじ》られ、辛《つら》い思いをして過ごしていた。さらに次女の出産後、体重が増えた彼女には、美しかった頃の面影はどこにも見当たらなかった。

夫の愛を得ようとした貞子は、清子を蔑むように育てた。清子を苛《いじ》めていると、自分が立派になったような気持ちになったからである。これは彼女の自信の無さから来るものであるが、それが分からず今に至っていた。

そんな清子に全ての家事をさせていた貞子は、腸《はらわた》が煮えくり返る日々を過ごしていた。

……岩倉《いわくら》さんはどういうつもりなのかしら。学もない、青痣の醜い娘なのに。

清子の見合いに夫は賛成であったが、貞子は娘を幸せにする気は無く、あえてひどい身なりをさせ送り出していた。惨めな姿の清子は恥をかき、見合い相手も目を背けるだろうと貞子は想像していた。劣っている娘は断られること間違いなし、という腹積もりであったが、相手からのしばらく預かりたいという好《よ》い返事に、貞子は唇を嚙《か》み締《し》めていた。

……あんな娘は価値など無いのに。ああ、早く帰してくれないと私が困るわ。

貞子が荒れた手を見ながら忌々しく溜《た》め息《いき》をついていると、騒がしい足音が響いた。

「お母様。どうして起こしてくれなかったのよ！　髪がぐしゃぐしゃじゃないの」

「何度も起こしたのよ」

貞子は寝起きで癇癪《かんしゃく》を起こす優子の支度を手伝った。一人で身支度ができない優子は今朝も嵐のように学校に行った。清子が去った伊知地家は険悪な空気でよどんでいた。

この夜、正也が早く帰宅した。優子は頭が痛いと言い自室で休んでいた。貞子は夕食の前、新聞を読みながら酒を飲んでいた夫に尋ねた。

「清子はどうしているのですか」

「昨日も岩倉さんの秘書から連絡をもらったが、今は静養をしているということだ」

秘書の近藤《こんどう》が携えた朔弥《さくや》の文は、岩倉家で風邪を引かせてしまった清子を静養させているという内容だった。これを話す正也に、貞子は首を捻《ひね》っていた。

「それにしても長すぎです。そろそろお暇《いとま》させないと、図々《ずうずう》しい娘と思われます」

「良いではないか。厄介娘がいなくなるのだから」

「あなた。本当にそれで良いのですか」

正也は真顔の貞子を見た。

「どういう意味だ」

「いくらなんでも安売りしすぎです。あの子をそんな扱いで嫁に出すなんて。せっかくの器量良しが」

「……お前の口からそんな言葉を聞くとは思わなかったな。して、どうせよと言うのだ」

長女を蔑《ないがし》ろにしてきた妻の意外な言葉に彼は驚いたが、この提案を詳しく聞いた。

伊知地正也は旧華族の血筋。親の代から北海道へ移住してきて引き継いだ土地の不動産収入や投資で生活していた。しかし、近年、売買で詐欺の被害に遭い現在は裁判を起こしていた。

資金繰りが苦しい中、岩倉家との縁談の話は幸運だった。しかし相手は変わり者との評判であり、どの娘もことごとく破談にされていたと知った。娘を行かせても破談にされ不名誉になるのであれば、美麗な次女よりも醜い長女で十分と正也は判断し、長女を送り出すことにしたのだ。さらにこれには顔の青痣を理由に破談にされた際、相手へ慰謝料を請求しようという正也の企《たくら》みもあった。しかし、清子が相手に気に入られた事に、正也は驚くと共に、岩倉家からどうやって金を引き出すか思案していた。

そんな彼は妻の案を基に、文を認《したた》めた。

午後。岩倉家下屋敷。清子は新聞を読むことに夢中になっていた。

「そうか……パンが売れなくなると、同時にバターも売れなくなるのね、それは、そうか」

新聞の経済欄をそう読み取った清子は、知っている身近な品から世の中の商品の流れを追っていた。株式の投資まではわからないが、過去の情報を調べ、未来はこうなると予想することは楽しかった。

幼い頃から自宅で過ごす事が多かった清子は、小さな情報を基に思いを巡らし想像する事が好きだった。この悲しい趣味が今、先を見通す豊かな想像力となり、朔弥の元で花開こうとしていた。

この日の清子は一年前の新聞を読み、経済を振り返っていた。

……やっぱり。去年の夏は涼しかったから、蚊取り線香が売れなかったのね。でも今年の予想では暑い夏と書いてあるわ。他には何があるのかしら。

去年とは違うことが起きる、と清子はノートに思いをしたためていた。

……去年の夏には売れなかったものが今年は売れるなら、スイカ、サイダー。あとは麦わら帽子、かき氷、他には花火とかかな。

夏の風物詩を書き出した清子は、これらに関係する会社を拾い出し思考を巡らした。何も持っていない清子にとって、ただ未来を予想することは楽しい時間だった。

……そうだわ。商品ばかりではなく、気温でお野菜の収穫も変わるから、それも頭に入れないと。夏のお野菜か。函館《はこだて》では、ニンジンやジャガイモに、玉ネギ……

「あ？　いけない。洗濯物を」

せっかく洗った洗濯物が雨で濡《ぬ》れては悲しい。清子は慌てて庭に出てきた。白いシーツは洗濯のりが効いていた。基坂《もといざか》に立つ岩倉家下屋敷の庭からの景色は、雄大な海が広がっていた。潮風に髪を押さえた清子は、港にやって来た汽船に目を細めていた。

……黄昏《たそがれ》の海に大きな船が浮かんで、まるで油絵のようだわ。

しばし見惚《みと》れて手が止まった清子は、春の南風を晴れやかに受けながら洗濯物を取り込んだ。清子は思わず鼻歌を奏でていた。

「ご機嫌ですね」

「きゃあ？　近藤さん！」

「そんなに驚かなくても」

ばつが悪そうに彼は頭をかいた。

「声をかけても誰もいなかったので」

「すみません。朔弥様は奥の部屋にいるはずです」

瀧川《たきがわ》は本日、持病の薬をもらいに病院に行っていた。朔弥も奥の部屋でラジオを聴いている今の時間、近藤は高い竿《さお》から洗濯物を外してくれた。

「少し良いかな。清子さんに話があるんだ」

「私にですか……。あ？　ごめんなさい。今、マスクを」

考え事で顔隠しの布をしていなかった清子は、近藤に失礼と背を向けた。そして着物の袂《たもと》からマスクを取り出そうとしたが、近藤はこれを制した。

「いいのですよ、そのままで。清子さんさえ気にならなければ」

「……そう、ですか」

朔弥の秘書の近藤は、清子にとって信用のおける人だった。清子は勇気を出して素顔を見せた。清子の様子に微笑《ほほえ》んだ近藤は、優しく庭の腰掛けに誘い二人で座った。

「どうですか、この岩倉家は」

「皆さんに良くしていただいて、毎日楽しいです」

「それは良かった。実はご実家からお手紙が来ましてね」

この言葉に清子は固まりそうになった。その青白い横顔を近藤は窺《うかが》っていた。

「それは。父からですか」

「そうです。あ！　朔弥は文書を読めないし、複雑な話なので代わりに僕から説明させていただきます。内容は『帰らせるように』との事です」

近藤は、今までの滞在理由を隠さずまっすぐ説明した。

「岩倉家で君に怪我を負わせてしまったので、静養させて欲しい、と伝えていたんだよ」

「そうでしたか」

知らぬとは言え、自分が周囲に面倒をかけていたと知った清子は、情けなく俯《うつむ》いた。

「伊知地家からの文にはね。婚約するにはそれなりの手続きが必要と書かれている。一度帰って婚約の儀式をして、改めて岩倉家に送り出したいってことかな」

「それもそうですね。これでは押しかけですもの」

清子はぎゅっと膝の上の手を結んだ。不安げな横顔を見た近藤は空を見上げた。

「清子さん。僕は一応、秘書なので信用して欲しいのだけれど。君のご両親はそんなにお堅い人なのかな？　今だから話すけれどね。最初、君をこちらで預かるって話をした時は、むしろ嬉《うれ》しそうだったんだけど」

「お恥ずかしい話ですが」

清子はふうと息を吐き、思い出したように語った。

「確かに私は伊知地家にとっては厄介者です。ですので両親が帰って来いと言っているのは、おそらく家のことが間に合わないからでしょうね」

「そうか。君が家の切り盛りをしていたんだね、なるほど」

お嬢様には見えない理由を探っていた近藤は、うなずく清子から情報を把握してきた。

「お見合いに行く時、父は『私の代わりはどうとでもなる』と言っていました。だから私はてっきり、どなたかを雇っていると思っていました」

困り顔の清子に、近藤は思わずくすりと笑った。

「君の代わりなんかいるはずないじゃないか？　そうか、今の話で事情が読めてきたよ」

朔弥の言った通り、これは金の話だと近藤は判断したが、それは彼女には言わないでおくことにした。そんな思惑の近藤を、清子は怖々と見つめた。

「あの、私は帰らないといけませんか」

「いやいや、朔弥は君を帰す気はないんだ。でも、君の意見を尊重するそうだよ」

「私はここにいても迷惑じゃないのですね」

……この顔、見たらあいつは黙っていないだろうな。

清子の不安そうな顔が眩《まぶ》しい近藤は、セルロイドの眼鏡を掛け直した。

「近藤様？」

「それは僕が話すことではない。あいつと話し合って欲しいな」

「わかりました」

「清子さん。君が来てからあいつは変わったんだよ」

近藤は立ち上がり、庭の松の木を眺めた。

「前から良い男だったが、一層、良くなった。君のおかげだよ」

「……私は何もしておりませんが、でも」

「ん？」

清子は恥ずかしそうに目を瞬《まばた》かせながら立ち上がった。

「嬉しいです。朔弥様へのお褒めの言葉は」

清子は朔弥が良い男という事を否定しなかった。彼女の喜ぶ顔に近藤は思わず目を細め、そのまま空を見つめた。

……嬉しいのはこっちの方さ。

孤独だった幼馴染《おさななじみ》を心から思ってくれる女性が現れたことが、近藤は嬉しかった。

清子の朔弥への思いを間近で確信した近藤は、二人を結婚するまで全力で支える、ところの時、決意した。

「ははは。さて、仕事に戻ろうか、僕は朔弥のところに行ってくるね」

「はい。お世話になります」

地上の星のようにタンポポが咲く庭。去る近藤の背広の背中を、清子は丁寧にお辞儀し見送った。

◇◇◇

「清子さんの話は以上だ。お前の想像通りだったな」

「まあ、ほとんどが瀧川の推理だがな。そうか、やはりな」

自室の朔弥は、趣味の紙細工を作る手を止め近藤の話を聞いていた。見合いに来た清子は名家の娘のはずなのに荒れた硬い手をしていた。あの手は仕事をしている手であった。

炊事を嫌がらずこなす清子の様子は、老齢の瀧川も感心していたが、きつい仕事を積極的にやろうとする姿勢は、どこか悲しく寂しく感じると朔弥は瀧川から報告を受けていた。

朔弥と近藤は今の話を基に、清子は伊知地家では劣悪な環境で虐げられ、育っていたと判断した。

「全く。清子さんの顔の痣《あざ》は本人のせいではないのにな。気の毒だよ」

「正孝《まさたか》。俺には分からぬが、清子の痣はそんなに目立つのか」

左目の周囲を覆うように広がっている青い色の肌が、目立つと言えばもちろん目立つことを、近藤は言葉を選び語った。

「そうだな……彼女は目の周りを、まるで殴られたような感じでな。怪我《けが》をしているように見えるんだよ」

「怪我人《けがにん》に見える程度か。ではなぜそんなに気にするのだ」

ぷんぷんと怒っている朔弥に、近藤は苦笑いをした。

「何がおかしい」

「清子さんのことになるとお前が怒るから面白いだけさ」

「別に怒ってなどおらぬ！」

「ほらこれだ？　いいんだよ、俺には気を使うなよ」

これには朔弥もふっと微笑んだ。

「どうしてだろうな。なぜかこう、心がちくちくするんだ。清子を見ているとどうも、落ち着かぬ」

朔弥が清子を想《おも》う気持ちの種は、恋ではないかと近藤は思っていた。目が不自由な彼の目を務め過ごしていた近藤は、彼が見えぬものは教えるが、それ以外の知らせは余計であると心を律していた。

「それはどうも。ごちそうさま」

近藤は、清子の話を考慮し、伊知地家に返信を作ると言って帰って行った。

夕刻。朔弥は清子が風呂を沸かしている隙に、近藤と話した内容を瀧川に伝えた。

「瀧川。清子はやはり伊知地家ではひどい目に遭っていたようだ。これから清子に返事を聞くが、私は帰すつもりはないのだ」

「瀧川は存じておりましたよ。それよりも本家の方はどうなさいますか」

「それが問題だな」

……あの厳格な父が清子を見れば何と言うか。悩みどころだな。

親の勧めの結婚話は、生涯独身でいようと思っていた朔弥にとって余計なお世話であった。だが、見合いにやってきた清子に会ってから、彼は今まで感じたことがなかった想いがしていた。

まだ怯《おび》えることがあるが元気に話す彼女の声は、自分には心を開いてくれているようで朔弥は嬉しく思っていた。目が不自由で他者に世話になる屈辱の日々を送っていた朔弥は、気がつけば清子のことばかり考えていた。

この思いはまだぼんやりしており、正体は分からない。ただはっきりしている事は彼女を伊知地家に返すつもりはないという事だった。

……だが見合いにやってきた清子を、ここに置くには大義名分が必要だ。朔弥は反対されても清子を手元に置くつもりであったが、その場合、清子が納得せず今以上に尻込みをしてしまうのではないか、と朔弥は危惧していた。

真剣に悩む横顔の朔弥に、彼の父をよく知る瀧川は提案をした。

「朔弥様。ここは一つ大旦那様に、清子様の良い点をお教えしたらいかがでしょうか」

「良い点か。たくさんあるからな……」

そう言い彼は顎に手を当てた。その素直な真顔に瀧川は驚きで正座を崩した。

「え？　まあ。そうですね」

「ああ……どうしたものかな。あまりにありすぎて弱ったな」

……聞かせて差し上げたい。清子さんに。

本気で悩む朔弥は長い髪をかき上げた。本人は自覚していないが、清子への愛の言葉はあまりに甘い。恋する朔弥に瀧川は着物のたもとを噛《か》みしめ、悶《もだ》えるのを耐えていた。

これを知らずに朔弥は話を続けた。

「清子は優しく物静かで少々頑固であるが、家の仕事もできる。それにあれは読み書きも得意だ。近藤の話では筆は書家並みらしいしな。計算も速いようだし」

「え。ええ」

スラスラと語る朔弥であるが、聞いている方が恥ずかしい老乳母は、片手で口を押さえていた。清子を想う朔弥の声は、音量が上がっていく。

「この前は歌を歌っていたのだ。声を掛けたらやめてしまったが綺麗《きれい》な声で、おい。瀧川？　聞いているか？」

「は、はい、しっかりと」

やっとそう言った瀧川は幸せの涙をそっと拭った。

「そうですね。まずは大旦那様の攻略ですね……これは一つ、この老兵の瀧川に時間をくださいませ」

老女の胸をどんと叩《たた》く音に、朔弥は首を傾《かし》げそして笑った。


この夜。清子は朔弥の部屋で書類を読み上げていた。ガラス窓の外では、蕾《つぼみ》の桜が春の風に揺れている。まだ寒い三月の函館の部屋には火鉢の炭が温かかった。卓上のランプの灯火の横で、清子の流れるような朗読が一息ついた時、朔弥は清子に小さく左手を挙げた。

「清子。近藤から話があったと思うが。お前の実家の話だ」

「ご迷惑をおかけしています。私は、その」

「……私はお前の意見を聞きたい」

畳の部屋に夜風が窓を打つ音がしていた。清子は正座し深呼吸をし、頭を下げた。

「私は、このままここに置いていていただきたいのです」

清子の声が震えていた。彼女の思いを抱きしめるように朔弥は次の言葉を黙って待った。

「ご迷惑なのは承知しています。それに私は使用人で構いません。どうか、ここに置いてください」

深く頭を下げているのを彼女の動きで彼は察知していた。

「使用人とはどういう意味だ」

「朔弥様がどなたとも御結婚するお気持ちがないのは存じております。それに、何でも一人でおできになるし」

……使用人で良い、とは。何と悲しい願いであろう。

朔弥は目をぎゅっと瞑《つぶ》った。

「前にも申したが、私はもう許嫁《いいなずけ》をお前に決めた。それにお前も使用人よりも許嫁の方がよかろう」

「ですが、その」

「なんだ。はっきり申せ」

顔を上げた清子は辿々《たどたど》しく気持ちを吐露していった。

「……私は、貴方様《あなたさま》に相応《ふさわ》しくないからです。私はその、一緒にいてはご迷惑では」

「それは使用人でも許嫁でも、この家にいるなら同じ事であろう」

「違います。貴方様の奥さんになるなら、もっとご立派な方が」

相応しい、とは清子は胸が痛んで言えなかった。朔弥は静かに答えた。

「ならば、お前が立派になれ」

朔弥はそう言って彼女に背を向けた。

「良い日を見て、参るぞ。お前の家に」

「え。朔弥様がですか」

「何がおかしい。妻の家に挨拶に行くのは当然だ」

「でも」

話をしながら朔弥は手探りで卓上の紙製の模型を手に取った。家の形の模型は彼のお手製であった。

「お前は先程、私は何でも一人でできると申したではないか。そうだ、挨拶ついでにお前の荷物も持ってこよう。それから婚約すれば良い……って、おい、糊《のり》はどこだ」

「ここです」

机の上の小物を避けて清子は慌てて彼の手に糊を握らせた。この小さな手を朔弥はさっと握った。

「案ずるな。この私がおるのだ」

「はい。それよりも、私もしっかりしないといけないですね」

朔弥の言葉を受け止めてくれた深刻な清子に、彼はふっと笑った。

「そんなに張り切らなくてもいい。お前はそのままで良いんだ」

しかし彼女はもう一方の手も重ねた。

「いいえ朔弥様。私はもっとお役に立ちたいのです」

「そうか。ならば離せ。続きが作れない」

「す。すみません」

はははと朔弥は笑った。清子は卓上の作品を見た。乏しい視力で作った紙の模型の素晴らしさに、清子は感動していた。

「何を見ておる」

「お作りになった小さな椅子とテーブルです」

「ああ？　それは十六分の一の大きさのだな」

西洋風の椅子とテーブルのミニチュアがそこにあった。

「朔弥様。あの、お茶はいかがですか」

「なんだ急に」

小型の素敵な室内飾りを前に、清子は真顔で朔弥を見た。

「これを見たら、清子は紅茶が飲みたくなりました」

「ふ。いいから早く淹《い》れて来い。甘くしろよ」

「はい！」

二人の笑い声は、花冷えの夜の部屋を明るくしていた。

◇◇◇

翌日の下屋敷《しもやしき》、朔弥と近藤はこの夜の決定を以《も》って書を作成していた。

「お前の話す内容はこんな感じで書いてきた。まあ、これで伊知地家は納得するだろう」

近藤が用意してきた書には、婚約の条件として結納《ゆいのう》金の支払いの他に、養安寺《ようあんじ》の参拝の退任や、結婚について全て岩倉家の慣例に倣う、と記されていた。

これは今後、清子は伊知地家とは無縁に過ごすと言う意味になるものである。さらに伊知地家の体面を損なわないように配慮した文章になっていた。

だが、朔弥は岩倉の両親から結婚の了承をもらう事のほうに悩んでいた。彼は近藤に瀧川が一晩かけて考えた作戦を打ち明けた。

「どう思う？」

「さすがは瀧川さんだね。では、社長にはその作戦で行こうか」

「父上はそれで良いが、問題は母上がなんと言うか」

「そうだな……」

本日の二人は、仕事よりも岩倉家必勝攻略方法に時間を費やした。こうして朔弥が仕事を終えて部屋から出てきたのは夕飯時であった。

「ずいぶん、お疲れのご様子ですね」

「重要案件であった……清子、肩を貸せ」

「はい」

朔弥は清子の肩に手を乗せた。そして寄り添うように屋敷《やしき》の廊下を二人で進んだ。一人で歩ける自分の住まいである。しかし、今は彼女に触れたい思いだった。

「そうだ清子。明日、瀧川の買い物に付き合ってくれ」

「お買い物ですか？」

「ああ。瀧川は年寄りだからお前は荷物持ちを頼む」

清子の買い物が目的であったが、彼女が気兼ねしないように朔弥は、そう告げた。

「仕事を頼んでばかりで悪いが」

「いいえ？　そういうことでしたら。お任せくださいませ」

この返事に彼は安心した様子で風呂に行った。

……お買い物か。力仕事ならお役に立てるわ。

大きい荷物を運ぶ気満々の清子は、役に立てる喜びでこの夜、床に就いた。


明くる朝。清子と瀧川は屋敷を出て歩いていた。瀧川はいつもよりも上等な着物であり、どこか品があった。これに続く清子は瀧川に着せられた鶯色《うぐいすいろ》の小紋を着ていた。そして紫の襟巻きで頭を覆い、目元だけを出していた。見合いのまま滞在している清子は寂しい身なりであった。これを察した瀧川は、自分の孫娘に仕立ててあった着物を着せていた。

「それにしてもよく似合っていますよ。それは差し上げます。孫娘には少し小さかったと思うので」

「では、お孫さんには私が縫います」

「ふふ。それはいつかの機会に。ところで清子様。その襟巻きはお気に入りなのですか」

「そういうわけではないのですが、この色だと私の痣《あざ》の色が目立たない気がして」

「確かに」

紫の襟巻きの色が顔に反射しているように見えなくもないと思った瀧川は、清子の工夫に感心していた。そんな二人がやってきた函館の繁華街の函館銀座《ぎんざ》商店街は人で溢《あふ》れていた。

「こんなに人がいるのですか」

「清子様。迷子になりますよ。こちらです、こっち！」

素敵な洋式の建物が並ぶ商店街に驚く清子を横目で見ながら、瀧川は彼女の手を引いた。

そんな二人がやってきたのは老舗看板の呉服屋だった。

「ここです、私の知り合いなのですよ」

「まあ。なんて綺麗《きれい》な生地……」

反物が並ぶ店内を、清子はうっとりしながら商品を眺めていた。すると女主人が顔を出した。

「ようこそ、瀧川さん。そちらが例の？」

「そうです。清子さん、こちらがご主人さんですよ」

「はい」

呉服屋の女主人は娘時分に、岩倉家の近所に住んでいたのだと瀧川が紹介した。他に客がいない店内で瀧川と女主人はおしゃべりをしていたが、しばらくして清子を手招きした。

「清子様。この呉服屋さんでは、あなた様ぐらいの年頃の娘さんが着るお着物の販売に力を入れているのです。だから協力して欲しいのです」

「私がお役に立てるのですか？　でも、何をするのですか」

襟巻きを被《かぶ》った清子に女主人は微笑《ほほえ》んだ。

「私共はお客様の好みに合った反物を選んで頂きたいのです。これはいかがですか？」

愛想の良《い》い彼女の話に清子は素直に応じていた。店内には、彩溢《いろどりあふ》れる反物や仕立て済みの羽織《はおり》や帯締めが並んでいる。お花畑のように華やかな店内を見渡した清子は、その美しさに心奪われていた。

……綺麗。こんな染めの帯揚げや飾り襟まで。こっちは刺繍《ししゅう》がすごいわ。

実家で家事ばかりの日々を過ごしていた清子が出かけるのは、養安寺だけだった。そんな清子にとってここは別世界であった。

「瀧川さん。この正絹はすごいです、軽くてほら」

「清子様、お値段は気にせず、選べば良いのですよ。これはお店からの依頼ですから」

瀧川はそう話したが、実際は朔弥の指示で清子の着物を買いに来ていた。そんな思惑を知らない清子は、お店のために意を決した。

「はい。わかっております！　ええと。これは素敵です。向こうも優しい色合いだし」

場違いな気持ちもあったが、それでも清子は自分なりに品を選んでいった。その中でも清子がいつまでも見ている反物があることに瀧川は気が付いた。

「清子様は、これが気になりますか」

「ええ。とても綺麗ですよね」

紫と桃色の中間と言えるような淡い色は、襟巻きの下に咲く彼女のさくらんぼ色の唇と、黒く艶《つや》やかな髪に映えるものだった。

「さあ、それでは清子様の採寸をしましょうか」

「採寸？」

「ええ、お客様。これも市場調査ですから」

どこかおかしいと思ったが、清子は女店主に応じた。その間、瀧川は清子が気に入った反物を密《ひそ》かに購入した。そして店を後にした二人は、同じような理由で洋服店にも入った。瀧川は本日の買い物に同行してくれたお礼と言い、清子のワンピースを買った。清楚《せいそ》な白いワンピースは彼女の清らかさを引き立てていた。

「瀧川さん。このような高価なものを」

「気にしないでください。あの店で靴もバッグも買いましょう。構いませんよ、財布は朔弥様ですから」

「え」

いいからいいから！　と調子の良い瀧川の勢いで、清子は洋服と靴を一揃《ひとそろ》い買ってもらってしまった。

◇◇◇

春うららかな潮風の函館の元町《もとまち》。この人混みを歩いた買い物の後の二人は、カフェに寄り珈琲《コーヒー》を飲み、市電に揺られて帰って来た。

……みなさん。おしゃれだったな。

隣席で眠る瀧川を肩で支える清子は、赤レンガ倉庫を眺めていた。カフェの客は華やかさだけではなく品があった。人前では身なりを整えなくてはならないのだと清子は痛感していた。

……今日は瀧川さんに、このお着物を貸していただいてよかったわ。

「う……清子様。そろそろですか」

「はい。ここは十字街《じゅうじがい》です」

そして二人は末広町《すえひろちょう》電停で降り、彼が待つ基坂の石畳を上って行った。

「ただいま帰りました」

「ご苦労。して、ずいぶん買ったようだな」

「なぜお分かりなのですか？」

屋敷にて一人気ままに留守番をしていた朔弥は、自室に報告にきた清子が下ろした紙袋の音に背を向けたまま応えた。

「お前のことならなんでもわかる。珈琲か？　美味《うま》かったか？」

振り向くと朔弥はどこかニヤニヤしていた。清子は驚きで首を傾《かし》げていた。

「もしかして、香りですか？　それでわかったのですか」

立ったままクンクンと着物の袂《たもと》を取り自分の匂いを嗅ぐ清子に対し、窓辺の机を前に座っていた朔弥は彼女に向いた。

「さあな？　味はどうだったのだ？　教えてくれ」

「……苦かったです」

「ははは、そうか、苦かったか」

大笑いの朔弥の前に、清子は神妙な顔で正座した。

「朔弥様。ありがとうございました。今日のお買い物は朔弥様のお支払いと伺いました」

「気にするな。楽しかったのならそれで良い」

「……これは本当に瀧川さんのお買い物だったのですか？　私のものばかりでしたけれど」

じっと見つめる清子に、朔弥は種明かしをした。

「ああでも言わないと、お前が遠慮すると思ったのだ。別に良いだろう」

「ですが、あまりにたくさんの買い物です。それに高価な品を頂戴してしまって。私にはもったいないものばかり」

恐縮している清子に対し、朔弥は呆《あき》れたように頬杖《ほおづえ》をついて彼女を向いた。

「お前は外見を気にしている割には、顔以外は実に無頓着だな」

「え」

朔弥は不思議そうに語り出した。虚を衝《つ》かれた清子は目をつぶっている彼の目をじっと見ていた。

「そうだろう？　顔は気にしているのに。服装は度外視しているのはどうも腑《ふ》に落ちない。私はな、人と会う時の服装や立ち振る舞いこそ、お前はもっと学ぶべきと考えた」

この言葉。清子は心臓を摑《つか》まれた気がした。

「それは、そうですけれど。今までは家で、その……誰にも会わずに」

「清子」

言い訳する清子の言葉はもちろん、彼女の家庭の事情も全て承知の朔弥は諭すようにあえて遮った。

「お前はいつまでもそうしては居られぬと気付いたから、私の許《もと》にいると決めたのではないか。違うか？」

「違いません」

「だったら素直に受け取れば良い」

彼はそう言って背を向けた。広い背、長い髪を一まとめに垂らした肩、通った背筋、清子には全てが頼もしく見えた。

「刀には鞘《さや》が必要だからな……裸のままでは勿体無《もったいな》いだろう」

「朔弥様……あの、私」

「ん？」

清子はぐっと彼の手を握った。

「ありがとうございます。私、一生、大切にさせていただきます」

「一生？　そうか……」

朔弥はその手を握り返し彼女の頬へ移動させた。そこには涙はなく笑顔だけがあった。

「それは良かった」

「はい」

『ぐううう』

ここで腹の鳴る音がした。

「お前……」

「ち、違います。朔弥様ですよ？」

「うるさい」

「清子ではありません。朔弥様です」

「もう黙れ。さあ、鰻《うなぎ》を食べるぞ」

「どうして買ってきたのをご存じなのですか？　うふふ」

手を繋《つな》いだままの二人は互いを笑顔で支えるように一緒に立ち上がった。春の函館、岩倉家下屋敷《しもやしき》には黄昏《たそがれ》の日が射《さ》していた。ふんわりとした南風の漂う部屋には、笑顔の花が咲いていた。

六　函館夜会

函館山《はこだてやま》の山麓から港へ延びる、基坂《もといざか》の上。そこには壁がグレイとイエローで装飾された洋館がある。この夜、商工会議所主催の社交会が開催されていた。その顔ぶれは、造船会社社長、金融関係者など函館の実業家や著名人が勢揃《せいぞろ》いしていた。岩倉《いわくら》貿易会社の専務、岩倉朔弥《さくや》は社長の父と秘書の近藤《こんどう》とともに、夜会に参加していた。

「あ。朔弥さん。どうも小林《こばやし》です」

「小林さん……北セメントの常務の？」

「はい！　その節は本当にお世話になりました」

西洋式の立食パーティー。華やかな女性達が酌をする中、朔弥は黒のシンプルなタキシードに、清子《きよこ》が選んだグレイのネクタイを締めていた。長身でどこか高潔な空気を漂わせながらワイングラスを持つ朔弥に、北セメント会社の常務が挨拶に来ていた。

「おかげさまで、助言をいただいて本当に助かりました」

「それは良かった」

すると近くにいた水産会社の社長が話に入ってきた。

「お二人とも。私も参考までに聞かせて下さい」

「良《い》いですよ。実は数年前から我が社では人手が足りずに困っておったのですが、朔弥さんに助けていただいたのです」

北セメントの人員確保のため、朔弥は独身寮を整備せよと助言をしてくれたと常務は語った。

「その話の後、古いアパートが売りに出ていましたので。朔弥さんの言う通り思い切って買いまして。工場から遠いのですが独身寮にした所、全道から社員が集まるようになりました」

「なるほど。しかし、寮から工場まではバス移動ですか」

ここで、朔弥は説明した。

「はい。しかしそのバスの運転は免許がある社員を雇えば済みます。それに郊外の方が寮の維持費が安いですし」

「確かに。さすが岩倉専務ですね」

感心する水産会社の社長に朔弥は謙遜して首を横に振った。そんな朔弥に小林は迫った。

「朔弥さん。しかし困ったことがあるのです。寮で喧嘩《けんか》が絶えなくて。実は他にも話が」

「申し訳ない。今夜は時間が無いので話はまたの機会に」

少し頭を下げて小林に背を向けた朔弥は、近藤を探した。

「正孝《まさたか》、お前、どこにいる？」

「隣にいるよ」

今宵《こよい》二人が珍しく夜会に参加したのは伊知地《いちじ》家との接触が目的だった。近藤は会場の隅に立つ清子の父親、伊知地正也《まさや》の様子を伝えた。

「娘さんを一緒に連れている。あれは次女の優子《ゆうこ》さんかな」

「奥方ではないのか」

「ああ。奥さんは体調が悪いそうだ」

近藤の目の前には華やかなドレスを纏《まと》った優子がいた。清子よりも背が高く長い髪はカールされていた。彼女は真っ赤な口紅で他の男性と談笑していた。

「あのな。妹の優子さんはな」

「それはいい」

朔弥は止《よ》せと手を挙げた。

「一切興味は無い。それよりも、父親に挨拶だ」

近藤は好機を見て朔弥を連れ、正也に声をかけた。

「これは伊知地様。私は岩倉家の秘書の近藤です。朔弥専務、伊知地様です」

「初めまして、岩倉朔弥です」

「これは、どうも」

とりあえず二人は握手をした。正也は話に聞いてはいたが、初めて実際に朔弥の目の様子を知った。彼の顔をまじまじと見つめる優子はその綺麗《きれい》な面に頬を染めていた。

「岩倉さん。これは娘の優子です。優子、ご挨拶を」

「優子です。姉がお世話になっております」

会釈をする優子の存在を無視した朔弥であるが、近藤は爽やかに取り持った。

「伊知地様。話ができる部屋を用意しております。少しお時間いただけないでしょうか」

「ええ。優子。お前はここで待て」

「はい」

やがて彼らは小部屋に入った。近藤がホールにいたウエイターに飲み物を頼みに部屋を出ると、正也と朔弥だけになった。

「突然ですが。御息女の清子さんの件です」

「手紙を頂戴しております。娘はそちらで静養しておるとの事で」

「はい。今は元気になっております。そこで婚約についてですが」

朔弥は胸元から書類を取り出した。

「今宵逢《あ》えるかと思い持参しておりました。ここに記してあるように彼女と婚約したく思います。伊知地家の意向もあるかと思いますが」

「そうでしたか。しかし、急に言われても……」

彼の反応を待っていた朔弥は、書類を一通り読んだ気配を感じた。

「ありがたい事です。清子をここまで思っていただけるとは」

「そうですか」

「ですが。まあ、結納金《ゆいのう》についてですが」

……さあ、来た。金の話だ。

朔弥は話をじっと聞いていた。

「その金額では不足と？」

「まあ、そうですね。本来は婿取りと思っていたところですから」

金額の吊《つ》り上げも朔弥は想定内であった。

「わかりました。では、その倍用意します。その代わりと言ってはなんですが、婚約の運びについては、岩倉の主導で行わせていただきます」

本来の筋書きを朔弥は想定通りに進めた。

「……いやいやそれは。清子には花嫁修業が必要ですし、嫁に行かせるのに手ぶらでは申し訳ない。一度あの子を帰らせて下さい。それが婚約の条件です」

清子を人質に金を先に受け取る策。それほど伊知地家は金に困っている。ここで朔弥は決めた。

「では。先に結納金をお納めします。加えて花嫁修業などもこちらで行うので、どうかご安心を」

「そうですか？　しかし、それでは」

一瞬嬉《うれ》しそうにした声。その後に体面を気にするプライドを朔弥は感じた。

「これ以上……まだ何かありますか」

「やはり。うちで一旦預かるわけには参りませんか。妻が心配しておるのです」

……親心か。されど体面か。

そんな都合はどうでも良い、と言わんばかりの気分で、朔弥は次のカードを切った。

「心配と言えば、今日、私は役場から相談を受けましてね。新しく火葬場を建設したいという話なんです」

「それが私に、どういう関係があるのですか」

「……館町《たてまち》の土地にです。私はあそこに広い土地を持っているのですが、伊知地さん。あなたの土地もありますよね」

「え？　ええ」

困惑する正也を前に、朔弥は長い脚を組み直した。

「私は他にも土地を持っているので、どの土地を売っても構わないのですが、火葬場ができたら、近隣の土地の所有者は困りますよね……」

「それはそうですよ！　土地の価値が下がるだけじゃない。そもそも転売できなくなります」

「そうですよね。どうしたら良いですかね」

朔弥は肩を落とし、弱り顔を見せた。その顔に動揺しながら正也は呟《つぶや》いた。

「い、岩倉さん。君は私を脅す気か」

「そう聞こえたのなら謝ります。自分はただ、清子さんと婚約したい。それだけです」

朔弥と正也の間に、沈黙と互いの思惑が交差した。この重い空気に我慢できず、口を開いたのは正也だった。

「婚約を認めましょう。それにはその、館町については」

悔しそうな正也の言葉に、朔弥は組んだ脚を戻し、小さくお辞儀した。

「もちろん火葬場は他にします。どうぞ、ご心配なく」

ここまで言われたら正也も折れた。やがて部屋に入ってきた近藤を間にし、婚約の誓約書に正也はサインをした。それを見届けた近藤は書類を懐に収めた。朔弥はワインを飲み干すと、正也に一礼して退室した。

正也は疲れた顔で優子の元に戻った。

「お父様。岩倉様のお話は済んだのですか」

「ああ。帰るぞ」

「もう？　あの、私はまだ」

「帰るぞ！　支度をしなさい」

「は、はい」

父の後を追うように優子はホールを背にした。その横目にはたくさんの人に取り囲まれた朔弥が見えた。長身の上品な佇《たたず》まい。目を伏せた涼しげな面立ち。長い黒髪を結び、人々と語らう美麗な姿。優子には彼の目が不自由には思えなかった。

……あんな素敵な方が、お姉様の婚約者だなんて。

悔しさと嫉妬で燃える優子は、後ろ髪を引かれる思いでホールを後にしたのだった。

夜会でたくさんの人に捕まった朔弥であったが、最後は父と一緒に本家に帰ってきた。

「弓子《ゆみこ》は出てこないが、気にするな」

「具合でも悪いのですか」

「いいや。お前が結婚すると知って、急に文句を言いだしたのだ。寂しいなどと、ほざきおって、面倒なことよ」

元栄《もとえ》は気にするなと朔弥に水が入ったグラスを渡した。

「ところで朔弥。なぜそこまで、そのお嬢さんに入れ込むのだ」

受け取った朔弥は一瞬溜《た》め息《いき》をついた。

「清子は痣《あざ》がありますので。確かに外に出るのは不向きかもしれません。しかし、主人の私がいつも家にいるのに、妻が社交的では困ります」

「まあ、そうだな」

元栄はネクタイを外した。

「だがな、実際そんな妻で頼りになるのか」

「なります。父上、実は先日の玉ネギの内地への販売、あれは清子の提案なのです」

「……お前ではなかったのか」

「はい。彼女の提案でした」

さらに朔弥は話を進めた。新聞やラジオを聞き一人学んでいる清子は、先を見通す想像力があると、朔弥は白い歯を見せた。

「内地では梅雨入り前だというのに食中毒が流行《はや》っています。そうなると家庭では生魚を敬遠し、炒《いた》め料理が中心になるそうです。その時には玉ネギが多く使われるそうです」

「あの玉ネギは高値で売れたんだったな。しかし、内地でも玉ネギはあると思うがな」

「父上。清子の話では、内地の玉ネギは外皮がむきにくいそうです。北海道産の玉ネギは品質が良《い》い。それに昨今、東京で洋食が人気との事。玉ネギの需要はこれからも高まる見込みです。今回送ったのは昨年収穫したものですが販売は順調で、追加注文が来ていま す」

「それを清子さんが思いついたのか？　それはすごいな」

……父上にこう話せと言い出した瀧川《たきがわ》もすごいけどな。

朔弥はここで瀧川が一晩かけて考えた武器を発動させた。元栄は実績を重んじる人物である。これを知っていた瀧川は、清子の功績を伝えるのが最も効果的と朔弥に提案していた。それが頭にあった朔弥は、清子が語る今年の暑い夏の予想を受け止め、岩倉貿易会社の事業で本州地方に玉ネギを販売していた。

「すみません。清子の名を出さずに。しかし、実際に洋食が流行っているので、試しにやってみたのです」

「それは構わない。そうか、清子さんが……」

元栄はぐっと水を飲んだ。名前だけで役に立たない人間を嫌というほど見てきた元栄は、人嫌いの朔弥の婚約者の知見に好印象を持った。

「そうか、わかった。それで？　向こうの家には何と」

「婚約の話は誓約書を交わしました。今は経営が苦しいですが、伊知地家は北海道に流れてきたとはいえ、旧華族の末裔《まつえい》。清子の縁で岩倉家も新たな人脈が広がることでしょう」

「そうか」

息子の話に元栄は部屋に飾ってある西洋陶器の人形を見ながら語った。

「我が家に飾りの嫁は要らない……だが正式な婚約の前に連れて来い。話はそれからだ」

「わかりました。では、おやすみなさい」

やっと解放された彼は実家の自室の布団に入った。

……長い一日だった……

明日の朝、目が覚めたら清子がいたらいいのにと思いながら、彼は雨音が流れる夜を眠った。

翌朝。朔弥は父と会社に出向いた。そこで仕事を片付けると自宅の岩倉家下屋敷《しもやしき》に戻ってきた。朔弥は玄関を開けるや否や、いつもより早口で挨拶をした。

「ただいま帰った」

「お疲れ様でございました。して、清子様の件は？」

出迎えた瀧川に、朔弥は珍しく口角を上げながら杖《つえ》を預けた。

「瀧川の作戦が効いたぞ。おかげで父上から了解を得た。伊知地家の許可も得た」

やった！　と瀧川は手を叩《たた》いた。清子の良い所を伝える作戦の成功。それにしても清子は出迎えに来なかった。

「して清子は？」

「それが、廊下の床を自分で修理すると言い出して」

「この金槌《かなづち》の音は清子の仕業か。全く、怪我《けが》などせねば良いが」

トントン、と釘《くぎ》を打つ音は屋敷《やしき》中に軽快に響いていた。彼は着替えようと自室に移ったが、誰も手伝いに来なかった。

……清子のやつ。俺を蔑《ないがし》ろにするとは……

床修理に夢中な清子にどこか嫉妬しつつ朔弥は自室にいた。すると音は止まり、廊下から彼女が慌ただしくやってくる足音がした。

「すみません、朔弥様。お帰りに気が付かずに」

「それよりも、怪我などしておらぬであろうな」

「はい。床は綺麗《きれい》に直りました」

「床も大切だが、私のことも大切にしてくれよ」

「も、もちろんです！」

悪戯っぽい笑みを見せた朔弥は、清子に上着を預けた。外出用の黒い背広。これを脱いでセーター姿になった朔弥に、清子は優しく声をかけた。

「お風呂にしますか？」

「後にする。それよりも新聞だ」

「はい。その前にお茶をお持ちしますね」

疲れた様子で朔弥はいつもの座布団に座った。これを見届けた清子はお盆に湯飲みを載せて戻ってきた。

「朔弥様……？　あれ」

彼は畳に寝ていた。清子はお盆を机に置いた。座布団を枕にしようと彼の頭の下に入れようとした。

「ん……清子か」

「はい。お布団を敷きましょうか」

「いやいい。このまま、ここにいてくれ……そばに」

アカシアの若葉が香る函館の港町の夕暮れ。黄昏《たそがれ》の日が入る部屋。畳に体を横にする朔弥の背に清子は寄り添うように座っていたが、優しい温《ぬく》もりにいつの間にか、清子も眠ってしまった。

清子のために夜会にて婚約を取り決めてきた朔弥。朔弥のために自分の気持ちを少しずつ出し始めた清子。愛に向かって二人はできることを進めていた。思いが重なる二人の吐息は、穏やかだった。

七　こぼれそうな愛

「小銭で失礼ですが」

「構いませんよ。いつもどうもね」

晴れの日。牛乳屋で買い物を済ませた清子《きよこ》は瀧川《たきがわ》と一緒に歩いていた。

「良い天気ですね」

「ええ……ところで清子様」

瀧川はじっと清子を見つめた。

「いつも気になっていたのですが、その財布はずいぶん年季が入っていますね」

「あ。ああ、これですか」

清子は着物の上から胸元にしまった財布にそっと手を当てた。

「今までお財布を持たされていなかったので、すみません、古くて」

「いえ。いいのですよ。あ、清子様。見てください」

「アヤメですね。綺麗……」

函館《はこだて》の元町《もとまち》、異人館が並ぶ道の花壇では初夏の花がおしゃべりをしていた。その花よりも朗らかにほほ笑む清子を、瀧川は密《ひそ》かに見ながら帰路についた。

「朔弥《さくや》様。ただいまです！」

「お帰り清子。瀧川は牛を買ってこなかっただろうな」

「その話は『モウー』たくさんですよ!?　ホホホ！」

以前、瀧川が「牛乳」を「乳牛」と書き間違えたことをまだ笑う朔弥に、瀧川は牛の真《ま》似《ね》をして見せた。こんな仲良し三人は、おやつの水ようかんを食べた。

「私。さっそく牛乳でつくりたいお菓子があるので、お先に失礼しますね」

「好きにいたせ。私は紙細工を作っておる」

「清子様。私は一休みしております」

清子が去った部屋にて、瀧川は朔弥に密やかに相談した。

「……あの、朔弥様」

「どうした」

「清子様のお財布のことです。ずいぶん古いものを使っているのですよ」

「新しい物を買えばよいではないか」

「朔弥様！　清子様は自分の事でお金は決して使いませんよ！　ご存じでしょう」

「そうであったな」

同居の今、朔弥は清子に生活費を預けていた。しかし清子は生活に必要なものしか買わず、自分の物には決してお金を使おうとしなかった。朔弥はこの話にうなずいた。

「では瀧川。悪いがデパートで買ってきてくれないか」

「私がですか」

「ああ。女の物はわからない。それに予算はいくら掛けても良い」

「そうは言っても」

清子への贈り物なのだから朔弥に選んでほしいと粘る瀧川に対し、朔弥は腕を組んだ。

「わかった。ではこうしよう。選ぶのは任せるが、条件は俺が決める！　それで勘弁してくれ。まず一つ、流行の物、一つ、色味は明るく」

「はい、後は？」

「後は……洋風よりも和風。後は、値段を気にするな」

「わかりました。それならその条件で探してきます！」

ここまで指示があれば迷いはないと瀧川は翌日、買い物をしてきた。秘密にしていた朔弥は夕食後、そっと清子に渡した。

「これは」

「それはその、日頃の感謝のつもりだ」

百貨店の花柄の包装紙に包まれた手のひらサイズの小箱を、清子は緊張しながら開いていった。

「開けますね……あ」

「どうだ」

期待する朔弥には、想像と違う声が聞こえてきた。

「あ、ありがとうございます」

中身を確認した清子は、なぜか隠すように財布を入っていた箱に戻した。

「……そうか。気に入ったか？」

「はい……嬉《うれ》しいです、大切にしますね」

「あ、ああ」

清子の声がどこかつくろっている気がした朔弥は、独り寝の夜、悶々《もんもん》としていた。

……なぜだ。あまり喜ばなかったような気がする……

清子の顔はいつも朧《おぼろ》気《げ》でよく見えない朔弥は、彼女の声の揺らぎを思い返していた。

彼が期待していたのは、清子の弾むような喜びの声であった。

……せっかく考えて、瀧川に買ってきてもらったのに……

先日、朔弥は瀧川の買い物と称し、彼女に好きなワンピースを選ばせ、その資金を出していた。あの時、清子はとても喜んでくれていた。それなのに今回の彼女の反応の薄さに朔弥は苛立《いらだ》ちのまま眠りについた。


「おはようございます、朔弥様」

「……まだ寝る」

「今朝は早く出社される日ですよ。まだ時間がありますけれど」

「………」

清子が優しく起こしに来てくれたが朔弥は彼女に背を向けた。なかなか起きない彼に困った清子が瀧川を呼ぶと、彼女は迷いなく布団をはがした。

「さあ時間ですよ！　早く起きてください」

「……顔を洗ってくる」

こんな不機嫌な朔弥は朝食も取らず会社に行ってしまった。

「清子様。では私達だけで」

「……ええ」

瀧川は努めて明るい声で朝食を勧めたが、清子はほとんど箸を付けなかった。

……きっと。昨夜《ゆうべ》の態度を怒っているのね。

財布を受け取った清子は確かに喜べなかった。その気持ちがまたふつふつと湧いてきた。この日、瀧川は病院に薬をもらいに行く日だったため清子は一人、留守番をしていた。静かな台所で清子は牛乳の寒天を作っていた。

……まずは寒天を水で溶かそう。

乾燥した堅い棒寒天を清子は樽《たる》の中に入れて柔らかくしていく。

……お財布、確かに素敵だったけれど。

朔弥がくれた和財布は立派なものだった。しかし、それは見覚えのある品だった。

……優子《ゆうこ》ちゃんがお父様に、お誕生日にもらっていたものと、同じだわ。

朔弥がくれたものは確かに素晴らしく、確かに高価な品だった。だがそれは清子にとって残酷な事を思い出させる品だった。

青痣《あおあざ》の顔を嫌われた清子は父親に贈り物などされたことはない。与えられるのは顔を隠す品ばかりだった。そんな父が妹に贈った品と同じものを清子は本能的に喜べなかった。

……きっと、朔弥様はがっかりしたでしょうね。

目が不自由でも何でもわかる彼には、自分の心を悟られたと清子は寒天を見つめながら思った。やがてふやけてきた寒天を清子は手でちぎると、少し温めていた鍋の水に入れ、さらに溶かし始めた。

だんだんと熱くなる鍋。木べらで中を混ぜるその手は、いつもよりもゆっくりで、その顔はさみしげだった。


「正孝《まさたか》。俺はその話は知らないぞ」

「え？　そんなはずないな。お前が言ったからこっちは」

「とにかく知らない。俺は何もしない」

「……ちょっと事務所に行ってくる」

不機嫌のまま出社した朔弥は、社長室にて近藤《こんどう》に八つ当たりをしていた。険悪な空気の部屋。出された茶も、気持ちも苦かった。

……くそ、それにしても腹が減った。

空腹もさらに彼をいらいらさせていた。その時、社長室のドアをノックする音が響いた。

「兄上、駅前でアンパンを買ってきたので、お一つどうぞ」

さらに珈琲《コーヒー》を淹《い》れてきた哲嗣《てつし》は、砂糖入りのカップを朔弥に渡した。

「美味《うま》いな」

「良かった！　並んで買ったかいがあったよ」

近藤から朔弥の機嫌が悪いと聞いていた哲嗣は、その対策として兄にアンパンを手渡した。ガブッと齧《かじ》りもぐもぐ食べる兄に、哲嗣は二個目を手元に置いてやった。

嬉しそうに食べる兄を見ていた哲嗣は、その抜群の効果に小さく拳を作った。

「そうだ。財布に昨夜の寿司《すし》屋の領収書が入っていたな。出しておかないと」

懐から財布を出し始めた哲嗣に、二個目のアンパンを齧った朔弥は尋ねた。

「……ところで、お前はどんな財布を使っているのだ」

「なにを言い出すのかと思ったら、実はこれだよ」

哲嗣は朔弥に自分の財布を握らせた。それは朔弥が知っているものだった。

「これは、あの時のか」

「そうだよ。兄上が昔、俺に作ってくれたものだよ」

朔弥に財布を触らせた哲嗣はそう言って微笑《ほほえ》んだ。

「今は小銭入れだけど。兄上が俺に作ってくれたものだから」

「まだ使っていたのか」

鹿の革で作った財布を哲嗣は嬉しそうに見つめた。自宅に引きこもっていた朔弥が一時熱中した革細工の財布は、今でも哲嗣が使用できる出来栄えであった。

「それにしても。新しいものを買えばよいのに」

「いいじゃないか、俺はこれが好きなんだもの。世界で一つだけだし。何よりも心がこもっているし」

「そうか……」

この時、社長室にノック音が響いた。

「話し中ごめん！　朔弥に電話だ、哲嗣君、悪いがお客さんが来ている」

近藤の声に朔弥はパンを口に押し込み、哲司は財布を胸にしまった。基坂《もといざか》の下。海峡《かいきょう》通り交差点にある岩倉《いわくら》ビルは、東に日本銀行函館支店、北の港沿いには函館税関所を構えていた。北の狼《おおかみ》と称される岩倉貿易会社の兄弟は、この日も激しい商売の世界へと身を投じていった。

◇◇◇

この夜、朔弥の帰宅は遅くなった。清子は帰りを待ち出迎えたが、疲れた様子の朔弥は夕食は済ませたと言い就寝した。

翌朝、朔弥は自分で起きたが無言のまま朝食を終え、仕事に出かけた。

「清子様、朔弥様は忙しくて機嫌が悪いだけですよ」

「そうですね。あの私、今日は久しぶりに、養安寺《ようあんじ》に行ってきます」

基坂から見える海に目を細めた清子は、ノートを収めた風呂敷《ふろしき》を胸に坂道を上がった。道路沿いの家の屋敷《やしき》からは藤の花が彼女を誘っていた。

……綺麗《きれい》だわ。良《い》い香り。

初夏の空、潮風、カモメの声。紫の香りが漂う中、清子はふと坂を振り返った。

……あのお方は、この景色をご存じないのね。

目が不自由な彼は物を見て判断せず、別のもので判断していると清子は思った。

……確かに高価なものは、素晴らしいわ、でも。

質素に育った清子は、高価なものを選ぶ朔弥と距離を感じていた。彼は決して贅沢《ぜいたく》ではない。しかし、物の価値観が確かに自分よりも上だった。清子は水平線を望んだ。

……ああ、この気持ち。私はどうしたらいいのかしら。

カモメが飛ぶ風が強い日、清子は髪を押さえて寺へと坂を上がっていった。

「清子さん久しぶり！　心配していたのよ……どう？　岩倉さん家の暮らしは慣れた？」

「はい。みなさん、優しくして下さいます」

和津《かづ》は清子の訪問をウキウキと喜びながら出迎えた。供養を終えた清子はいつも勉強を教えてもらっている和室にやってきた。清子は元気のない声で、胸に秘めた思いを和津にそっと打ち明けた。

「え？　内職を再開したいですって」

「そんなに驚かないでください」

話を聞いた和津は驚きながらお茶を出した。

「どうしてなの？　岩倉さんはお金を預けてくれているのでしょう？」

「それは、その、私も甘えてばかりではだめだと思って」

「家の仕事をしているのだから、甘えてはいないでしょう」

「でも……」

「おいおい。お前の大きな声が外まで聞こえていたよ」

話に入って来た住職は、清子の言う通りにしてやれと和津を諭した。

「清子さんがやりたいと言っているんだ、紹介しておあげ」

「でも」

「いいから。支度をしてあげなさい」

和津が去った部屋。清子は住職と二人きりになった。でも彼は何も言わなかった。

こうして仕事をもらった清子は、この日から岩倉家で縫物をしていた。朔弥も多忙であり、部屋にいる時は一人にしてくれという希望があったため、清子はそっと内職を進めていた。

安い賃金しかもらえないとわかっていたが、手仕事に没頭する時間は清子の悩む心を慰めるように過ぎていった。

そして三日後。清子は新聞を彼に読み上げていた。

「本州の梅雨が長い予想だそうです。そのため野菜が生育不良になり、今後、相場が上がる。とありますね」

「また玉ネギか？　本州に出荷するか」

「……いいえ、今回は何もしない方がいいと思います」

「え」

朔弥が驚く中、清子は真顔で考えこんだ。

「前回の玉ネギの時は、こんなに大きく書いてありませんでした……でも今回は違います。この記事を見て、他の人も野菜を本州に出荷することでしょう」

「では、何もせずと」

膝を立て考え込む朔弥をよそに、清子はまだ自分の世界にいた。

「今回は、です。清子は梅雨明けの時にこそ野菜が不足すると思います……ええと」

「わかった」

「え？」

朔弥は詳しく説明しようとした清子の頭をなでた。

「朔弥様。今から説明を」

「良いのだ。私はお前を信用している」

前回、同じような記事で清子は玉ネギを本州に出荷することを提案し、見事に収益をあげていた。朔弥は清子には知らせていなかったが、この利益は岩倉の売り上げだけではなく、その後の販路を広げる着火剤になっていた。

……それに。たしかに我が岩倉を真似《まね》て出荷する者がいるだろうし。

「朔弥様？」

「……私もお前の意見に賛成だ。無理して売ることはない。梅雨明けか、あるいは盆に合わせてまた計画しよう」

朔弥は嬉《うれ》しそうに清子の頭をぐりぐりと撫《な》でた。思わず清子はその手を摑《つか》んだ。

「わかりました。あのところで朔弥様。その手はどうされたのですか」

「あ？　ああ、これか」

朔弥の指先から血が滲《にじ》んでいた。発見した清子は彼の手を取った。

「何をなさっているのですか？　指先がこんなに傷だらけで」

「良いのだ」

しみじみ見ていた清子から、朔弥はさっと隠してしまった。

「さて清子。そろそろ休憩にしよう。お前が作った牛乳寒天が食べたい」

「はい……」

どうもおかしいと清子が首を傾げていた時、ドカーンと塀の向こうから大きな音がした。

「なんだ？」

「外ですね」

清子が窓を開けると塀の向こうから煙が上がって見えた。

「朔弥様。塀の向こうから煙が上がっています。黒いです」

「油臭いな……事故か？」

この時、女性の悲鳴が聞こえた。座っていた朔弥もびくっとした。廊下では瀧川がバタバタと走っていた。

「朔弥様！　塀の向こうで車の事故です。岩倉家に火が来たらどうしましょう」

「私。見て来ます」

「おい？　清子？」

朔弥が止める間もなく、清子は外に飛び出していた。基坂を下り横に入った道。そこには人が集まっていた。清子は思わずマスクをしながら尋ねた。

「すみません。何があったのですか」

「あ、ああ。トラックと車の事故で、ほら、トラックが消火栓に突っ込んで」

「だからあんなに水が」

トラックに突っ込まれた消火栓から噴水が上がり、周囲は騒然としていた。大量の水は道路沿いの近所の屋敷に流れ込み、見物人は総出で板や桶《おけ》で水をかき出していた。

その一方、清子が視線を走らせると黒煙が上がっている塀があった。近づくとそこでは黒い車が電柱にぶつかっており、そばには運転手の男が頭から血を流して道にへたり込んでいた。

「Help!　Somebody, help my child!（助けて、誰か！　子供を助けて）」

……助けを求めている！　どこ？　どこにいるの？

噴水と黒煙でよく見えない中、清子は異国人の女性の声を聞いた。駆け寄ると彼女は胸に赤ん坊を抱き、必死に火がついた車を指していた。

「My son is still inside the car!（息子がまだ中にいます！）」

……もしかして。車の中にまだ子供が。

水の対策に追われ誰も気が付かない中、清子は人々を押し退けた。

「通して！　通して」

「あ、お前さんどこに行くんだい」

そばにいた老人の声も耳に入らず、清子はボンネットから煙が上がっている車に近づいた。清子は助手席を開けようとしたが、事故の凹《へこ》みでドアが開かなかった。

……子供がいる！　助けなきゃ！

とっさに足元の石を拾った清子は渾身《こんしん》の力で車のガラスを割った。

窓から腕を入れると、子供は必死に窓から頭を出して来た。これを抱えるように、清子は男の子を夢中で、引《ひ》き摺《ず》り出《だ》した。

「早く！　出て来て」

「大丈夫よ。あ」

無事に清子が男の子を腕に抱いた瞬間、ドーンと車が暴発を起こした。その勢いで清子と男の子は道路の隅に吹っ飛んだ。

「痛たた……」

石畳に仰向けに倒れた清子が目を開けると、視界は一面の空だった。そんな清子に老人が心配そうに顔を覗《のぞ》き込んできた。

「おい。しっかりしろ」

「……私は、私は大丈夫です、子供は」

「あんたが抱えているじゃないか」

老人に言われ腕を緩めると、煤《すす》だらけの男の子が胸の中にいた。

「大丈夫？　怪我《けが》はない？」

「……Mummy, Mummy（ママ、ママ）」

「Jimmy!　Oh, my God（ジミー！　おお、神よ）」

やって来た母親は叫びながら男の子を胸に抱いた。ほっとした清子はゆっくりと起き上がった。清子は腰を打ったはずだが、着物の帯で守られたようだった。しかし車の窓ガラスを割った時に腕を切り、着物の袂《たもと》からは赤い血を滴らせていた。

「あんた、それ。酷《ひど》い傷じゃないか」

「平気です。家で手当をします……」

いつの間にか周囲に人だかりができていた。さらに消防や警察もやって来ていた。騒動になる前に清子は人混みを抜け出し岩倉家にひっそりと戻った。心配そうに玄関で待っていた瀧川は、血だらけの清子を見て倒れそうになったが、慌てて部屋に上げて止血をした。

自分の制止も聞かず家を飛び出し、怪我を負って帰ってきた清子に、朔弥はとにかく怒っていた。

「愚か者！　事故は車道で起こった事で岩倉家には関係のない事。全くお前という娘は」

「申し訳ございません」

「朔弥様。もうその辺で」

悲しげな清子の声と鎮めようとする瀧川の声が、清子の傷の深さを物語っているように感じた朔弥は、一層怒りを燃え上がらせた。

「うるさい！　その上そのような傷を負って……。勝手にしろ」

怒鳴り散らすと彼は自室に籠ってしまった。

「すみません。私のせいで」

「清子様を心配しているだけですよ。少し経《た》てば落ち着きますから」

「…………」

清子は両腕の包帯を見つめた。この傷では家事は当分できそうもなかった。家事ができない無力さと、朔弥に叱られた衝撃が清子の心を襲ってきた。これを紛らそうと本を読んだが、情けなくて涙がこぼれた。

翌朝、静かな雨だった。朔弥と朝食を済ませた清子は、腕の包帯を見つめ気持ちが沈んだまま一人自室で新聞を広げていた。この日は午後から朔弥に新聞の朗読を頼まれていた清子は、この役目を励みとし、小さな記事も見逃すまいと目を凝らして記事を読んでいた。

……あ？　この財布は朔弥様がくれたものだわ。

清子の目に入ってきた百貨店の広告には、見覚えのある財布が載っていた。その高額な値段に驚いた清子は、咄嗟《とっさ》に自分が縫った着物の代金に換算していた。

……私の内職のお給金では、何年もかかってしまうわ……

清子はここで目をつむり着物の膝をぎゅうと握った。

……見かけに拘《こだわ》っていたのは、私の方だった、の……

値段、流行、百貨店の品。朔弥がくれた財布は妹が父にもらっていたものと同じだった。この事が清子の心の中で、黒くモヤモヤしていた。しかし、今。清子はその黒い心の正体が『同じ財布』という所にだけ焦点を当てた、卑屈な考えだと自覚した。

……私は、自分のものさしで朔弥様を測ってしまって……

高価な品は彼が働いて得た金で買ったもの。その値段以前に、清子は買ってくれたことを感謝しなければいけなかった。傲慢でうぬぼれていた自分が清子は情けなかった。

想《おも》いが溢《あふ》れた清子は小引き出しから朔弥がくれた財布を取り出し、これを手に思いのまま朔弥の部屋を尋ねた。

「朔弥様！」

「いかがした」

「ごめんなさい……」

突然、嵐のようにやってきた清子の訪問に、部屋用の着物姿の朔弥は驚いたが、清子は構わず頭を下げた。

「どうした。急に」

「財布です。せっかくいただいたのに、私は、私は」

清子は大粒の涙をこぼしながら、必死で朔弥に打ち明けた。

「ごめんなさい！　古い財布は、亡くなった祖母がくれたもので……朔弥様がくれた財布は、妹が父に買ってもらったものと同じだったので……私」

「清子、私が悪かったのだよ」

「違います！　清子が」

朔弥はそっと清子の手を取った。

「……いいや、私が悪かった。物の価値は人それぞれだものな、ところで清子。これを見ておくれ」

「何ですか、え……」

朔弥がいつも作業している机には革の財布が置いてあった。

「さすがに時間がかかったのだが」

「朔弥様が作ったのですか？」

「ああ。どうかな」

恥ずかしそうにしている朔弥の指には血が滲《にじ》んでいた。受け取った財布もところどころ黒くなっている部分があった。

……これは、朔弥様の血の痕……縫う時、痛めたのね。

「指先が痛みますでしょう」

「これか？　何を言う。お前の腕の怪我の方が痛むであろう、それよりな、清子」

自分の傷を気にしていない朔弥は、あぐらの足を直し恥ずかしそうに清子に語った。

「どうだろう？　大きさはお前の手に合わせたつもりだが」

「はい。ぴったりです」

「あ？　そうだ。少しお金を入れて渡そうと思っていたが、あいにく今は手持ちが無くて
……清子、すまない」

「……もう、入っています……」

清子の声は途切れ途切れになった。

「こんなに……愛が入っていて……溢れています」

「清子」

「ありがとうございます」

大涙の涙を流しながら、清子はお辞儀をするようにあぐらをかいている朔弥の膝に手を添え、額を付けた。深い感謝の礼と、優しい彼に触れたい思いがそうさせていた。

「清子の……一生の宝物です」

「清子。もう泣くな。な？」

自分にすがるように泣く清子の髪に、朔弥はそっと触れた。

「傷は……痛むか」

「はい、少し」

朔弥は涙声の清子を優しく胸に抱きしめた。

……こんな小柄な体で。

清子が家を飛び出した時、追い駆けたかった。清子を待つ間、悪い事しか想像できず、一人歯を食いしばっていた。その思いを振り返りながら、朔弥は涙を流す清子の黒髪を優しく撫《な》でた。どこか不器用でまっすぐな清子が愛《いと》しくてたまらなかった。

「それにしても、お前が来てから退屈しないな。毎日が大晦日《おおみそか》のようだ」

「す、すみません」

「まったく。こんなに心配させおって……良いか？　二度と私の許《もと》から勝手に飛び出すなよ」

「はい」

……ああ、こんなにも心配をしてくださったのね。でも……嬉《うれ》しい。

自分を思ってくれる朔弥の優しい手と声に、清子は喜びを感じ、笑みをこぼした。互いの想いが通じた二人が過ごす部屋の窓からは、蝦夷《えぞ》梅雨の雨だれが心地よく響いていた。


……う、うう重い……はっ。

まだ明るい部屋。畳の上で寝ていた清子が目覚めると、隣に長い髪が見えていた。自分に背を向けた広い肩と彼の香りに、清子の心臓が急に走り出した。

……私、あのまま寝てしまったの？　朔弥様と。

同じ座布団を枕にし、朔弥と寝ていた清子は、動揺する胸を抑えながら、そっと畳から起き上がろうとした。

「起きるのか」

「きゃあ」

驚きで起き上がれなかった清子を、寝そべったままの朔弥は笑って見ていた。

「雨は止《や》んだみたいだな」

「そうですね」

清子の声を聞きながら、朔弥は何気なく清子の髪を手に取り、口づけをした。

「何時だ？」

「もうすぐお昼です、支度をしてきますね」

「……無理するなよ。ゆっくりでいいからな」

廊下には軽快な清子の足音がしていた。朝の雨は止み、青空が広がっていた。

八　割れた鏡

「どうした朔弥《さくや》」

「いや」

岩倉《いわくら》ビルの社長室。津軽《つがる》海峡の海図を背にした朔弥は何でもないと言おうとしたが、秘書の近藤《こんどう》は首を傾《かし》げた。

「そんな溜《た》め息《いき》ばかりで、俺を吹き飛ばす気か？」

「お前が飛ぶわけがないだろう。しかし、はあ」

仕事が一段落した今。朔弥は頭を重そうに動かし椅子の背にもたれた。近藤は呆《あき》れ顔《がお》で朔弥に尋ねた。

「お前が解決できない悩みって、まあ、清子《きよこ》さんのことしかないよな」

「……そうなるな」

「清子さんの傷は治ってきているんだろう？　それにイギリス領事館の家族もみんなで清子さんにお礼を言いに来てくれたって、お前は喜んでいたじゃないか」

「それはそうだが……」

交通事故で子供を助けた清子は、領事夫妻から感謝の言葉を受けていた。確かにこれを朔弥は喜んでいたはずであるが、今の彼は俯《うつむ》き顔で両肘をつき、指を組み額に当てていた。

「清子の実家の事だ。色々考えると、ちょっとな」

「伊知地《いちじ》家か。また何か言ってきたのか」

「いや。何もない、が……」

婚約者として迎えたい清子の実家は現在不動産投資で失敗し、資金難となっていた。これを知っている近藤に、朔弥は心情を吐露した。

「これから何かがあれば、清子がその」

「困る、と。お前はそれを心配しているのか」

「ああ」

彼女のためにそこまで考えている朔弥を見た近藤は、思わず笑みをこぼした。

「なぜ笑うのだ？　俺は真剣に」

「悪い悪い。そんなつもりじゃないのだ」

「ふん」

へそを曲げた朔弥であるが、近藤に先行きの不安を話し始めた。伊知地家に何か良くない事があれば、娘である清子にも火の粉が降りかかるのではないかという予測であった。

この話を聞いた近藤は資料を手にした。

「お前の話は分かった。確かに伊知地家が負債を抱えているのは情報通りだ。では、どうする朔弥？　やっぱり金を貸すのか」

「いや。それでは一時的な効果しかない」

朔弥は立ち上がり窓辺に立った。プラタナスの若葉の香りが部屋に入ってきた。

「確かに金を出すのが手っ取り早い。しかしこれでは根本的な解決にはならない」

「ではどうする気だよ」

「……それを考えていたのだが。正孝《まさたか》。伊知地家の不動産をもう一度教えてくれ」

旧華族の末裔《まつえい》の伊知地家は函館《はこだて》の土地を持ち、その不動産売買が収入になっていた。

清子の父の正也《まさや》は、一見使い道が難しそうな変形の土地を安く買い、そこに工夫した店舗を建設し、人に貸すことを得意としていた。今まではこれが成功していたが、昨年、駅前の物件を伊知地家で購入し金を支払ったが、名義が変更されず金だけ取られてしまう事が起きていた。

「詐欺被害として裁判をしているけれど、この様子じゃ泣き寝入りになるだろうね」

「正孝、伊知地家には他に土地や物件はないのか」

「ちょっと待って……確か使えそうな物件があったはず。ここだ」

近藤は資料を読み出した。

「ええと。外国人墓地の近くの丘に、そうだね。元検疫所を持っているね」

場所を知った朔弥は、窓から入る潮風に目をつむり、思いを巡らせた。

「外国人墓地なら岩倉の上屋敷《かみやしき》の方だな。そして？　今はどうなっているのだ」

「残念ながら。そこまでは書いていない」

「行くぞ。現物を知りたい」

「はあ……そう言うと思ったよ」

こうして近藤の運転で二人は函館山の裾を回るように北西に進んだ。函館ドックを右手にし、海が見える緑の丘の上に二人は車を停《と》めた。近藤は先に、隣接する外国人墓地へ朔弥を案内した。錆《さ》びた鉄の柵を摑《つか》んだ朔弥は、ふと思い出した。

「ここが外国人墓地か……そういえばスコット先生の墓参りに来ていなかったな」

「朔弥の家庭教師の先生か。懐かしいな……ああ、もう夕暮れだね」

二人はカモメの声が響き渡る海を背に、お目当ての建物を見上げた。

「朔弥。ここは函館山の北西だ。ええとな、山を背にしてここから左はずっと岸壁で、ほとんど人家はない」

近藤の声に応じるようにカモメの鳴き声が流れ、思わず二人は微笑《ほほえ》んだ。

「正孝。この検疫所はいつ廃止されたのだ」

「廃止じゃないよ。港湾合同庁舎に移設になったんだ」

視力が乏しい朔弥であったが、ぼんやりと美しい桜色の壁の建物が見えていた。

「して、伊知地家はこの建物を買ったと言うのだな」

「ああ。入札があったけれど、ここは元検疫所だから病気が移るって噂《うわさ》が流れて、誰も落札したい人がいなかったようだよ」

明治十八年。政府は異国から入る病原菌の対策として当時の主要港町、横浜《よこはま》、神戸《こうべ》、長《なが》崎《さき》、新潟《にいがた》、そして函館に検疫所を設けていた。郊外にある平屋の建物では、来日した者を検査し、該当者を隔離治療していた。今はその役目を終えた飾りのない木造の建物は、松の木に囲まれた丘の上で静かに夕日を浴びていた。二人は建物へ続く石階段を上り、海を望む正面玄関を眺めていた。

「しかし、朔弥。正也氏はどうしてこんな物件を買ったのかな」

「まあ。元検疫所は聞こえが悪いが、その分、安く買えたのだろう」

しみじみ話す朔弥は、閉鎖されている両面開きの玄関を背に海を望んだ。

「それにしてもカモメの声がうるさいな……正孝。これは舟が出ているのか」

「ああ。沖で漁をしているな」

「風が気持ちいいな」

緑の丘の階段をゆっくり下りた二人は車に乗り込んだ。そして岩倉ビルに戻った朔弥は口を開いた。

「正孝、あの物件を借りてくれないか」

「ん？　買うのではないのか」

「ああ。借りる方がいい」

朔弥は事務員が淹《い》れてくれたお茶を飲んだ。

「家賃は多少高くても構わない。賃貸料が定期的に入れば伊知地家も助かるであろう」

「では、さっそく」

「待て！」

呼び止めた朔弥は、一瞬考え、顔を上げた。

「うちの名前は出さない方がいいだろう。子会社の名前で借りてくれ」

「なんでまた、そんな面倒なことを」

「恩着せがましいことはしたくない。それに……」

朔弥は言葉に詰まったが、近藤は頷《うなず》いた。

「わかったよ。彼女が心配するからだろう、いいよ。それでいこう」

近藤が軽やかに閉めたドアの音で、朔弥はほっとしていた。

……これで清子が少しでも安堵《あんど》するならば……

実家に問題があれば婚約に支障をきたすことになると朔弥は危惧していた。窓の外からは函館の海が見えていた。夕暮れの風に朔弥は微笑んでいた。

◇◇◇

「おい。貞子《さだこ》。あの検疫所を借りたい人が現れたぞ」

「まあ、良かったです。やっとですね」

清子の父、伊知地正也は妻の喜び声を受け、手紙を何度も読み返していた。

……清子の奴が反対しておったが、これでやっと金が入るぞ。

元検疫所が売りに出た際、正也は清子に価格を計算させた。その際、敏《さと》い清子は地下室が雨漏りしていることを指摘し、修繕費用が掛かる事を理由に購入を反対していた。

しかし買うと公言してしまった彼は後に引けず購入し、結果多額の修繕費用を掛けていた。清子が危惧していた補修工事代も取り戻せていない正也は、倉庫としての賃貸の申し出に、一人ほくそ笑んでいた。そんな事があった夜。正也は不動産の関係者が集まる酒席で、嬉々《きき》とした顔で自慢を始めた。

「ですがあそこは日当たりが良《い》いのでね。もう少し家賃を上乗せしてやりますよ」

「まあ、地元の会社なら安心じゃないですか」

「別に、会社なんてどこでもいいですよ。家賃さえ払ってくれればそれで、あ？　今夜は私が奢《おご》りますよ」

花街大門《だいもん》の酒場。久しぶりの契約と美酒は、正也を心地よく酔わせていた。


数日後、正也の元に男が現れた。高橋《たかはし》と名乗った男は、正也の知人の不動産会社の名を口にした。

「ぜひ、あの元検疫所を貸して欲しいのです。金額はこちらでいかがですか」

「え、本当ですか」

室蘭《むろらん》から来た男は、函館支社を作りたいと笑顔を浮かべた。

「実は外国人向けの商品を販売したいのです。あそこは丘の上ですし、外国人の往来があっても近所の人は気にしないと思いまして」

提示された金額は先の倉庫契約よりも高額であった。さらに高橋の会社の説明は素晴らしい内容であった。正也はすぐに高橋に貸すことに決めた。

「二人とも。例の検疫所の借り手が決まったぞ」

正也は居間でお茶を飲んでいた貞子と優子《ゆうこ》に、現金が入った封筒をちらつかせた。

「しかも前金でこんなにくれたぞ。やはりあそこを買って正解だったな」

「本当に良かったですね。ああ、これで安心ですね」

「……ねえ、お父様。優子はお願いがあるの」

白い歯を見せ機嫌の良い正也に、優子は甘えるように腕を取った。

「私。お友達を御茶《おちゃ》にご招待したいの。今まではお姉様がいるせいで呼べなかったから」

「そうよね。あんな顔を見たら気を悪くするもの。あなた、私からもお願いします」

「おお。遠慮なく呼びなさい。予算は気にしなくて良いぞ」

「うれしい！　ありがとう、お父様」

娘の声に目を細めた彼は新聞を読み始めた。資金調達で悩んでいた彼はやっと安堵できる時間を確保できていた。

◇◇◇

「というわけで。断られました」

「借り手がいるならそれで良いのだが、うちよりも良い条件の借主が現れるのは意外だな……」

近藤が肩をすくめて語る報告を、朔弥は頬杖《ほおづえ》をつきながら解《げ》せないと首を傾《かし》げた。

伊知地家の困窮を救うのが目的だったため、朔弥の提示した家賃は新築並みの高額であった。元検疫所は外国人墓地の近くという悪条件の立地であり、近藤の調査で地下室に雨水が溜《た》まり修繕工事をした事実も朔弥は把握していた。そんな建物を高額で借りたいという業者の利用目的が、岩倉貿易の専務の朔弥には謎だった。

……まあ。いいさ。清子の実家が助かればそれで。

そう受け止め仕事にまい進していた朔弥の専務室に、面談して欲しいと背広姿の男が二名やって来た。

「内密にお願いしたく思います。我々は国家警察の者です」

「……私に何の用ですか」

驚くよりも面倒そうな朔弥に、彼らはさっそく話をした。

「反政府組織の一味がこの函館に潜伏しております。奴らは外国と不法な取引をしており、現在我々は隠れ家を探しておりますが、なかなか発見に至りません」

「それが私とどんな関係が」

「はい。岩倉貿易会社では外国船も使用されています。この情報を我々に提供いただけないかと」

椅子に座ったままの朔弥は目を伏せた。

「……大陸からの船……狙いはアヘン、そんなところですか」

「ど、どうしてそれを」

「もしかしてご存じなのですか」

警察関係者は一瞬息を呑《の》んだが、朔弥は続けた。

「いいえ。ですが大陸からの情報がありましたし、怪しいならそこかと思っただけです」

朔弥は彼らに椅子をすすめた。

「私共の船は、積み荷の中身を記載していますが、荷札に『小麦粉』と書かれればそれまでです。それが本物かどうかまでは確認していませんし、そんな時間もない」

「ですが、我々は水際で食い止めたいと」

「水際ですか……」

面倒そうに頭をかく朔弥は、今後、怪しい物があれば船上で確認させると警察を納得させて帰した。やがて入室して来た近藤は、書類を手に笑みを見せながら朔弥に尋ねた。

「今、警察から話は聞いたけど、ずいぶん協力的じゃないか」

「別に。水際の前に止めようと思った、ただそれだけさ」

簡単に話す朔弥に近藤は驚きで一歩前に出た。

「水際の前？　……あ、そうだ。朔弥、例の鉄鋼会社から催促が来ているよ」

忙しい岩倉貿易の朔弥は、ゆったりと足を組み仕事を進めていた。

◇◇◇

「また、買ったのか」

「ええ。何か問題ありましたか」

「いや、別に」

伊知地家の居間は百貨店の紙袋に入った品で溢《あふ》れていた。真珠の首飾りを手にしている妻を横目にした正也は、日々増えていく妻と娘の買い物の量に驚きながらも、満足そうに新聞を読んでいた。

「そういえばあなた。昨日、高橋さんと話をしていましたよね」

「ああ。登別《のぼりべつ》の原野を買うことにしたのだ」

正也は昨日高橋と交わした計画を、妻の貞子に説明した。

「あそこに飛行場が出来るそうだ。今は未開の地だが、やがて道路や店が出来るはずだ。土地の価格は跳ね上がるぞ」

「ありがたい話ですね。高橋さんは本当に良い人で、あ?!　そうだわ」

貞子は夫にチラシを見せた。

「私、高橋さんの勧めでこの化粧クリームをお友達に売る事にしました。私がとりまとめ役ですから、お友達が売った分も私にお金が入る仕組みです」

「……結構な仕入れ金額だな」

「ええ。でも。元は十分取れますもの。それにもうご近所さんに売ってきましたよ」

高額な化粧品を仕入れた貞子は微笑《ほほえ》んでいた。昼下がりの伊知地家。手入れしていた清子がいない庭では花が枯れていたが、彼らの心は喜びに満ちていた。


「ここを開けろ！　いるのは分かっているんだ」

「どちら様ですか……え」

「警察だ。貴様は伊知地正也だな」

数日後の早朝。屋敷《やしき》の扉を叩《たた》く音に驚いた正也は、寝間着姿で対応した。強引に彼を囲んだ警官達は鬼の形相で怒鳴り出した。

「元検疫所での闇取引についてお前の逮捕状が出ている」

「な、何の事ですか」

「とぼけるな！　証拠は出ているんだぞ」

優子と貞子が抱き合いながら震える中、警察官達は詰め寄った。そして引きずるように正也を車に乗せ、元検疫所に連行した。

「鍵を出せ！　直ちに開けろ！」

「ふ、震えて」

「早くしろ！」

やっと開けて入った室内はひどく荒らされていた。

「鏡がこんなに割れて……一体どういうことですか」

「退《ど》け！　地下室だ！　まだ潜んでいるかもしれないぞ！」

突き飛ばされた正也は茫然《ぼうぜん》としていた。その後、正也は警察署に連行され、厳しい取り調べを受けた。そこで彼は元検疫所が犯罪組織のアジトとして使用されたと知った。

「奴らの行き先はどこだ！　白状しろ」

「知りません……本当です」

「しらばくれても無駄だ！　真実を言うまで帰さんぞ！」

「違うんです！　信じて下さい……」

そんな正也が連行された伊知地家では、貞子と優子が必死に動揺を抑えていた。

「お、お母様。また人が来たわ」

「優子。大丈夫、あれは近所の人よ。心配してくれたのよ」

知り合いの顔にホッとした貞子は、にこやかに玄関を開けた。

「皆さん、お騒がせしてすみません。これは何かの間違いでして」

しかし、近所の女性達は貞子の話も聞かず怒りを露《あら》わにした。女性達は化粧クリームの返金を求め貞子に詰め寄っていた。

「待ってください。今、主人が不在で、お金が手元に無くて」

「とにかくクリームは返しますから、お金を早く返してちょうだい」

「私はお金は要りません！　とにかくもう関わらないで」

「バカらしい！　クリームを返しますよ！」

「……みなさん？　あ、ああ……」

身も心もボロボロになった貞子は、茫然としたまま玄関を閉じた。そこには怒りに満ちた優子が貞子を睨《にら》みつけていた。

「お母様！　今日の私のお茶会はどうなるのよ！」

「こんな状態では無理よ……」

「だったらお母様がみんなにそう言ってきてよ！　私は行かないからね！」

優子に金切り声で命令された貞子は疲れた体で承知した。そして招待した優子の友人宅を一軒ずつ訪問した。

「あの、伊知地ですけれど。本日、うちの娘がお茶会にご招待したと思うのですが」

「あら？　おかしいですね」

応対した母親は不思議そうに話した。

「今日は前から同級生のみなさんで佐藤《さとう》さんのピアノの発表会に行く事になっていて、出かけておりますが」

「そ、そうですか」

この後、貞子は優子が招待した友人宅を訪問したが、全員ピアノの発表会に出かけて留守だった。

……もしかして、最初から全員、優子のお茶会に来るつもりが無かったのかもしれない。

絶望する貞子に雨が降って来た。雨宿りの屋根も見当たらない彼女は、虚《むな》しく歩いた。

……どうしてこんな目に遭わなきゃいけないの！　私達が何をしたと言うの。

雨は無情に落ちてきた。ずぶ濡《ぬ》れの貞子は涙も無く、帰って行った。

やがて数日後。正也は無実が認められ自宅に帰された。しかし、プライドの高い彼は警察の厳しい尋問に心身を病み寝込んでしまった。貞子が金策のために質屋に通う中、優子は登校した。


「おはよう。ねえ、読書の時間の本のことで」

「ごめんなさい。先生に呼ばれているの」

「え」

同級生達はどこかよそよそしく、優子を避けていた。そんな同級生の一人を廊下で呼び止めて、優子は理由を聞いた。

「ちょっと。これはどういうことなのよ！」

「伊知地さんは、警察に目を付けられているから。口を利くなって家の人に言われているの」

「なんですって」

「私、花の水やりがあるからこれで」

「そんな……」

優子は悔しさで壁に手をついた。すると背後から紙屑《かみくず》が飛んできた。

「何よ、これは」

走り去る同級生の背を見ながら広げると文字が見えた。

……『嘘つき！　犯罪者の娘』ですって？……

わなわなと震える優子を見つけて教師が声を掛けた。

「ここにいたのね。伊知地さん、大丈夫？　相談に乗るわ」

「先生……聞いてください」

優子は同級生のひどい態度を訴えようと特別室に入った。そこには教師が数人いた。彼らは暴言が書かれた紙をしまい、遠回しに優子に学校を辞めるように勧めてきた。

「先生！　私は何もしていません！　信じて下さい」

必死の訴えであるが、教師達は冷めた目つきで彼女を取り囲んだ。

「しかしだね。君の実家の事件は聞いているよ」

「これはあなたのためよ」

「伊知地。他の生徒の身になれ。お前がいるとみんなが不安になるんだ」

「ひどい……私のせいじゃないのに」

優子の涙の訴えは聞き入れられず、日頃から生活態度に問題があった優子は停学処分になった。こうして伊知地家は屋敷を差し押さえられた後、親戚がいる隣町へと移って行った。

◇◇◇

「朔弥様。恩師のスコット先生のお墓はここのようです。お花はこれです」

「ありがとう。おお？　ずいぶん大きな花束だな」

黄昏《たそがれ》色の風の中、朔弥は近藤の運転で清子と一緒に恩師の墓参りに訪れていた。近藤が車の中で書類を確認している間、墓に花を手向けた二人は外国人墓地の外に出てきた。

……元検疫所か。今後、どのように使えることやら。

すでに首謀者が逃亡した丘の上の建物は無人となっていた。怪しい人物の溜《た》まり場《ば》になり、警察が調べた元検疫所は、寂しく風に吹かれていた。

「どうされましたか。ああ、元検疫所ですね」

朔弥が購入を検討した事を知らずに清子は説明した。

「あの建物を父が買いたいと言うので私が試算したのですが、地下室に水が溜まっていたのです。あれはただの雨水というよりも滲《にじ》み出《で》た水の感じでしたし、修善費用も掛かるので反対したのですが、結局、どうなったのかしら」

実家が所有していた事も事件も知らない清子に、朔弥は小さく語った。

「今の持ち主は私も知らないよ。まあ、あの建物はどういう使い道があるかな、と思っただけさ」

「使い道ですか……」

清子はそっと建物を見上げた。

「朔弥様。ここは外国の病を国内に入れないための施設ですよね」

「ああ、そうだ」

朔弥の隣の清子は、潮風に優しく髪を押さえた。

「長旅の船の上で、病に罹《かか》った人が、ここにいたのですね」

「ああ。町を歩かれて病を移されたら困るからな。実際は隔離した、という事だろう」

「だからこんなに美しいところに施設を作ったのですね」

「え」

朔弥は傍らの清子を向いた。清子は知らずにしみじみと語った。

「この丘の上からは海が見えます。朔弥様。病が治った人は良《い》いですが、病が重かった人は、さぞ国が恋しかった事でしょう。でもこの海を眺めれば」

「祖国と繋《つな》がっている、と。そうか……」

黄昏の風の中、朔弥はぎゅうと清子の手を握った。

「ふ、清子には敵《かな》わないよ」

「そんなことはありません。あ。夕日が」

函館湾に夕日が沈み始めた。二人は穏やかに眺めていた。

「眩《まぶ》しいな、さすがに私でもわかるぞ」

「……この建物でしたら。清子は夕日を売りたいですね」

「この夕日を？」

彼女は微笑《ほほえ》んだ。

「はい。港や元町《もとまち》の海は朝日になりますもの。海に沈む夕日が見えるのは、函館ではここだけですから。清子ならここでお墓参りの人の休み処《どころ》をつくりたいです」

「清子、もっとこっちにおいで」

朔弥は愛《いと》しい婚約者の肩を抱いた。

「この夕日は売らないよ」

「あら」

「だって、お前との夕日は私だけのものだろう？」

「……はい」

函館湾に沈む夕日を二人は佇《たたず》んで見ていた。風は暖かくそして優しかった。

九　風に唄えば

「若松屋《わかまつ》っす」

瀧川《たきがわ》が不在の時、勝手口から元気な声がした。清子《きよこ》は洗い物をしていた手を前掛けで拭った。戸を開けると、酒屋の御用聞きの源《げん》は清子が注文しておいた砂糖の袋を持っていた。

「ありがとう源ちゃん。あのね、今度来る時、お塩をお願いしますね」

「はい！　ところで、姉さん、相談があるんだ」

源は懐から券を取り出した。

「音楽会の券なんだ。親方に売ってこいって言われて」

「音楽会……」

音楽なら朔弥《さくや》も楽しめると清子は思ったが、本人に聞かないとこれを買う権限がないように思えた。じっと券を見つめる清子に源は恥ずかしそうに指で鼻を擦った。

「ここの旦那さんは目がよく見えないだろう？　でも音楽は聴けると思って」

「ありがとう。クラシックはよく聴いているの」

朔弥を思ってくれる源の真心に、清子は胸が熱くなった。

「でもね。今はまだ決められないの」

「そうかい。じゃあ、お塩を持って来た時にまた声かけるよ」

清子が残念そうに券を返すと、彼は忙しそうに帰っていった。その小さな背が閉めた戸を清子はしばらく見ていた。


港町。初夏の函館の青空にはカモメが優雅に飛び交っていた。穏やかに広がる湾に停泊している外国船は、出港の汽笛を鳴り響かせていた。その音は函館山《はこだてやま》から港へ走る基坂《もといざか》の岩倉家下屋敷《いわくらけしもやしき》まで届いていた。伊知地《いちじ》家の元検疫所事件後。家族の不遇に一瞬胸を痛めた清子であったが、隣町の親戚の家にいると知り、今では心穏やかに過ごしていた。

この朝も取引企業の株価、さらに世の中の動きなど清子は新聞記事を読み上げていた。

「朔弥様。今年は暑いため、今から蚊取り線香が売れているそうです」

「お前の予想通りだな」

無垢《むく》なる清子の素直な予測。これを面白がった朔弥は、清子が目を付けた企業に、試しに投資をしていた。これが見事に当たり岩倉の父は機嫌を良くしていた。朔弥は予測が外れた時、清子の精神的な負担になると思い、彼女には投資の話をしていなかった。

「他にはですね。ビールやラムネも新聞に広告を出しています」

「気が早いな。しかしそれほど今年は気温が高い、と見込んでおるのだろうな」

朔弥がお茶を飲みながら呟《つぶや》くと、清子は無言になってしまった。朔弥は気になり手を止めた。

「いかがした」

「あの……朔弥様」

正座をしていた清子は、拳一つ分ほど彼に近づき、静かに語り出した。

「今度、天気が良い日にお出かけしてみませんか」

「……何故《なにゆえ》にそのようなことをするのだ」

目が不自由な彼は外出しても景色を楽しむことはできない。屋敷《やしき》の前の石畳の坂道は、歩くだけでも過度に神経を使う危険な道だった。さらに人に話しかけられてもその人物が誰なのか瞬時にわからない彼は、その戸惑う姿を馬鹿にされた事があった。そんな朔弥の心の奥の傷を知らない清子は、朗らかに続けた。

「気持ちが良いですよ。浜風や、公園も緑の香りがして」

「私は行かない。行きたければお前一人で行けば良い」

「そんなつもりじゃ」

「せっかくの気分を害した。もう良い、お前は下がれ」

「……はい」

彼女は静かに退室した。この態度もどこか気に入らない朔弥だった。

……なぜそんなことを。恥を晒《さら》すだけではないか。

もやもやしながら彼はラジオをつけた。今の話を忘れるように彼は聞き入りながら紙細工の机に向かった。


翌日。朔弥は機嫌が戻らずどこかイライラしていた。それでも清子は明るく振る舞っていた。午前中の新聞記事の読み上げの後、朔弥は彼女に申し出た。

「ところで。そろそろ私の実家に挨拶に参ろうと思う。正式に婚約をしておきたい」

「はい」

「日は決めておく。お前は特にすることはない。ただ顔合わせをしてそれで終わりだからな」

「はい」

話が済んだ正午。清子は昼食のために台所に向かった。朔弥は紙細工を作ろうとしたが、彼女の様子が気になり頬杖《ほおづえ》をついた。

……しかし。なぜあのように落ち込んでいるのだ。

昨日、外出を断ったせいなのか。清子はどこか暗かった。理由がわからず朔弥は苛立《いらだ》つばかりであった。

◇◇◇

その数日後。真っ赤なツツジに彩られた養安寺《ようあんじ》に清子は来ていた。

「ところで清子さん。ご婚約はいつになるの」

「今週末。朔弥様のご両親に挨拶に行く予定です」

「ようやくね」

「はい、でも」

そんな清子はどこか元気がなかった。これはいつもの事であるが和津《かづ》はそっと顔を覗《のぞ》き込んだ。

「朔弥様のご家族には、きっと反対されると思って」

「……そうね」

実の両親も忌み嫌うこの顔。朔弥の両親が気にいるはずがない。清子は出された麦茶が琥珀色に光る様子をじっと見ていた。心あらずの清子に和津はパン！　と手を打った。

「しっかりなさい！　そんな事でどうするの。まだこんなのは始まりよ」

「は、はい」

驚きで目を見開く清子に和津はスッと自分の胸に手を当てた。

「私をご覧なさい。何も知らずにこんなお寺にお嫁に来て。それは大変な苦労をして」

「……失礼するよ」

部屋の襖《ふすま》がさっと開くと住職が立っていた。二人は思わずキャッと声を出した。

「悪かったね、こんな寺で」

「あら？　何の話ですか？」

とぼける和津に、住職は悪戯《いたずら》っぽい顔で微笑み返した。

「ふふ。ここはいいから。檀家《だんか》さんが法事の相談に来たんだ。予定を見てやってくれ」

「はい。清子さんは待っていてね」

和津は慌ただしく部屋を去った。住職はやれやれと肩を落とした。

「ところでどうですか。岩倉さんの家での暮らしは」

「はい。皆さん優しくて。私にはもったいないです」

「……その割には元気がないようだね」

住職の太く優しい声に清子は思わず胸を押さえた。

「ご住職には、何でもわかってしまうのですね」

清子は朔弥を外出に誘い、怒らせてしまった話をした。

「朔弥様は会社には行かれるのですが、他に外出することはありません。ですので、私は少し散歩をした方が体に良《い》いと思って」

「清子さん。それはお医者様がそうするように言っているのですか」

「いいえ。私がそう思っているだけです」

「心配する気持ちもわかりますが」

住職は窓に歩み寄った。函館山の西に延びるチャチャ登り。その坂上にある寺からは、街並みが一望できた。住職はその奥の海の光に目を細めた。

「人にはそれぞれやり方があります。重い荷物の場合、一気に運ぶ人もいれば、何個にも分けて運ぶ人もいます。同じものを運ぶにも色んなやり方がある。それはすなわち生き方なのです」

清子はじっと住職を見ていた。振り向いた住職は、その目に優しく説いた。

「私は岩倉さんを存じませんが。今までそのやり方で上手《うま》くいっていたのであれば、変える必要はないかもしれないね。本人が望む場合は別ですが」

「朔弥様は、何も仰《おっしゃ》っていません。私が勝手に、その方が良いかと思って」

……どうしよう。余計な事だったわ。

線香の香りがする部屋でがっかりとした顔の清子の前に住職は静かに座った。

「しかしですね。私としては清子さんが彼を心配しているという事を、お伝えした方が良いと思います。『私は健康のために散歩を進めますが、どうお考えですか?』と。お尋ねすればよろしい」

朔弥の天邪鬼《あまのじゃく》な性格を知らない住職の話を、清子は思いを巡らせて聞いていた。そして忙しそうな養安寺を後にした。

……そうよね。食欲があるし、お元気ですもの。

海の風、草の匂い。そよぐ木々の調べ、花壇に咲くハマナスの匂い、蟬《せみ》の声。清子は朔弥にささやかな北国の夏を知って欲しかっただけだった。しかし、それは彼が欲したわけではなかった。

……私はまだ、正式に婚約もしていないのに。いい気になって恥ずかしいわ。

肝心の婚約の挨拶はこれからだった。帰り道。自分をそう戒めた清子は、夕食の買い物をして岩倉家に帰ってきた。その日以降、清子は朔弥を外に誘い出すようなことを決して話さなかった。

そして岩倉家上屋敷《かみやしき》へ挨拶の日になった。朔弥は白いシャツに黒のズボン。清子は瀧川の仕立ての夏の薄紅色の絽《ろ》の着物である。これは以前、瀧川と二人で買い物に行った呉服店の着物だった。しなやかに進む清子は髪をゆるく結い、青痣《あおあざ》に頬を染めた姿は初々しかった。そんな二人は緊張しつつ、近藤《こんどう》が運転する車で幸坂《さいわいざか》にある本家にやって来た。

「朔弥。哲嗣《てつし》君もいるようだぞ」

上屋敷の駐車場に停《と》めた近藤は、出迎えてくれた哲嗣に挨拶代わりに手を振った。

この日、用事があると言っていたはずの弟の在宅は、朔弥には不思議であったが、清子の手を求めた。

「……まあ、いいさ。これで家族の挨拶が一度で済む。さあ、参るぞ清子」

「はい」

しっかりと手を繋《つな》いだ二人は、屋敷の大きな扉に向かっていった。

「兄上、おはよう。清子さん、初めまして」

「は、はい」

玄関で待っていたのは、朔弥の弟の哲嗣であった。日焼けした顔が眩《まぶ》しい彼は、朔弥に比べて少し丸顔で、清子をじっと見つめていた。

……口元がそっくりだわ。それに、この見下ろす感じも。

清子は、この日は顔の被《かぶ》り物《もの》をしてこなかった。清子は婚約に向けて本当の自分を見せ、朔弥の家族の了解を得たいと思っていた。青痣の顔を晒し、覚悟を決めて来た清子は、しっかりと哲嗣に頭を下げた。

「伊知地清子と申します」

「弟の哲嗣です、さあ上がってください」

……うわぁ？　声がそっくり。でも、朔弥様よりも早口なのね。

「はい。あの、朔弥様も」

「そうでした！　兄上もどうぞ」

「兄上も、は余計だ」

憎まれ口。しかし、哲嗣のおかげで少し緊張が解けた清子は朔弥と一緒に廊下を進んでいた。通された豪華な応接間。そこには彼らの父である岩倉元栄《もとえ》がいた。

「朔弥。私はここだ」

「父上。こちらが清子です」

彼に背を押されて清子は、スッとお辞儀した。

「初めまして。伊知地清子と申します。朔弥様にお世話になっております」

「ようこそ。ああ、座りなさい」

元栄の対面のソファに朔弥と清子は一緒に座った。向かいの元栄はじっと清子を見つめていた。まだお茶が来ない席、待てない元栄は話し出した。

「早速だが、君は伊知地家の長女で、学校は尋常小学校だけとか」

「父上、その話はせずとも」

「朔弥。私は清子さんに尋ねているのだ。清子さん、私は朔弥から婚約の話は聞いている。しかしだね」

元栄は逸《はや》る気持ちを自ら押さえるように、脚を組み直した。

「朔弥は目が不自由だから仕事上、妻の支えが無いと困る。君はその顔で妻の務めができるのかね」

「父上！」

「……はい、私のこの顔のことで、誤解や迷惑を掛けることがあると思います」

大丈夫と、清子は誰にも知られずに朔弥と手を繋いだ。

「この痣《あざ》は生まれつきで、洗っても消えません。人から見れば異様かと思います。でも、私は、それ以上に朔弥様のお役に立ちたいと思います」

てっきり弱いと思っていたが、堂々と意見を述べた清子に元栄はさらに意地悪を重ねた。

「何ができるのかね。学校もろくに出ておらぬのに」

「父上！　それは」

「朔弥は黙れ！」

「……私は学問ができずとも、一生おそばにいて、朔弥様の目になります」

「ほお」

弱々しい娘。しかし、よく見れば品よく色白で美しい娘である。目のまわりの青痣がどこか痛々しいが、実力主義者の元栄は当初から見かけは気にしていなかった。

……『目になります』か。言い切るとは、な。

良家の娘は気位が高く、扱いに金が掛かる。しかし、庶民の娘を嫁にすれば朔弥の名誉に相応《ふさわ》しくない。朔弥は目が不自由であるが叡智《えいち》の持ち主。そんな才能がある息子のために、自らが目になると清子は言った。

……気難しいこいつが気に入った娘か。利発な顔つきで健康そうだ。

伊知地家は現在の経営は苦しいが名家である。着飾ったお嬢様よりも息子のために真摯に努めるという清子の決意に、多くの人を見てきた元栄は非常に好感を持った。

こうして話が進む中、朔弥の母はお茶を持ち挨拶に来たが、清子を避けるようにすぐに部屋を出た。やがて哲嗣も入り四人で話が進んでいた。しかしだんだん仕事の話になってきた。

「では仕事の話はまた明日にして下さい。清子、帰るぞ」

「はい。失礼します」

玄関までは哲嗣が見送りに来ていた。バラが咲き誇る庭を抜け、清子は近藤の車へ先に朔弥を乗せた。自分は反対側のドアから入ろうと車の後ろを回る清子に声がかかった。

「清子さん、どうぞ」

「ありがとうございます」

ドアを開けて微笑《ほほえ》む哲嗣に清子は会釈した。

「……ひどい顔。兄上が可哀《かわい》そうだ」

「え」

乗り込んだ清子は聞き違いかと思い彼の顔を見上げた。そこには笑顔の哲嗣がいた。

「じゃ、ドアを閉めるよ。清子さん、また、ね」

「はい」

手を振り見送る哲嗣の笑顔と今の言葉の落差に、清子は驚き、そして混乱した。

……今のは聞き違いかしら、いや、でも。

はっきり聞こえた哲嗣の冷たい声に清子は心が凍りつく思いだった。そんな清子を知らず、朔弥は大きな溜《た》め息《いき》をついた。

「はあ、疲れた。清子も大儀であったな」

「いいえ。朔弥様こそ」

「私は良いのだ。でも、これで前進だな」

そう話す朔弥は清子の手を握った。ほっとした顔の朔弥。心配を掛けられない清子は、哲嗣の棘《とげ》のような言葉で痛んだ胸の内を、そっと封印した。

その夜、清子は一人部屋で本日の挨拶を思い出していた。

……朔弥様のお父様以外は、結婚に反対なのだわ。

岩倉朔弥は家族に愛され、会社に必要とされている人物。本人は家族の荷物になるのを嫌悪しているが、実際はそうではないと清子は思っていた。

そんな彼を支えたい清子は、自分には何ができるのだろうと自問していた。

身の回りの世話は当たり前。それよりも彼の戦力になりたいと思うのは、傲慢な想《おも》いと戒めたばかりだった。

……私にできることは、おそばにいる事だけだから。

それだけなら自分以外の女性の方が、相応しいのではないかと清子は涙が滲《にじ》んできた。

放たれた哲嗣の冷たい声の刃は、今まで散々言われてきた言葉である。しかし愛する朔弥の弟という事実が、清子の胸に重く深く刺さっていた。

翌朝。清子はそれでも元気を出して朔弥のそばにいた。哲嗣に言われたことは本当の事。これは受け止めるしか術がない。清子の振る舞いがいつもと違っていたと、朔弥も瀧川も気付いていたが、本家の挨拶の疲れと思っていた。


実家への挨拶を済ませた朔弥は心晴れやかにしていたが、反比例するかのように仕事が忙しくなっていた。手を抜こうにも自分が言い出した事業提案。彼は会社に頻繁に出社するようになっていた。

「おはようございます。専務」

「おはよう」

「早速ですが専務。小樽《おたる》商社がうちの倉庫を借りたいと言ってきました！」

この日も朔弥が出社すると、専務室の机の周りに部下が集まって来た。朝から部下が持ち込んでくる仕事をこなしていると、いつの間にか昼になっていた。朔弥の指示を受けた部下が退席した後、近藤が声をかけてきた。

「ずいぶん機嫌が良《い》い事で」

「冷やかすなら帰るぞ」

「まあまあ、とにかく挨拶を済ませて良かったじゃないか」

一緒に喜んでくれる近藤に朔弥は事情を説明した。聡明《そうめい》な清子を父は気に入ってくれた事。結納《ゆいのう》の儀は母が簡素に進める予定と話した。

「おそらく。母上は清子の顔を見て簡単に済ませるつもりにしたのだと思う」

「それでも進めてくれるならいいじゃないか」

「まあな」

体面しか気にしていない母親の考えそうな事。しかし多忙な父にも人嫌いの自分にも都合の良い話である。朔弥は母と瀧川に任せることにした。これにて清子との結婚が進む見込みに朔弥は安堵《あんど》していた。そこに哲嗣が部屋に入って来た。

「兄上。先日はお疲れ様でした」

「哲嗣、母上はどうだった」

彼は悪戯《いたずら》っぽく小首を傾《かし》げた。

「さあね？　部屋から出てこないから、父上も放っておけって」

「そうか」

「気にすることないよ。じゃ、俺は室蘭《むろらん》に行ってくるよ」

「そうか。あのな、哲嗣」

「何？」

哲嗣が振り向くと、朔弥はいつものように目を伏せたままお茶を飲んでいた。

「今度、うちに遊びに来い。瀧川も顔を見たがっているし」

「へえ。珍しいな。どういう風の吹き回しかな」

この誘いに哲嗣は思わず笑みを見せ、そっと兄の机の上に手を置いた。

「久しぶりに将棋でも指そうか？」

「それもいいが。なんていうか、清子をその……」

……あの女を紹介する気、か。

兄の誘いは自分と過ごすためではなく、彼女を紹介するためのものと哲嗣は悟った。一瞬、喜んでしまった気持ちを返して欲しいという思いで、彼は兄に嘆いた。

「兄上……せっかくのお誘いなのに、残念だよ」

哲嗣は、机にあった手をそっと兄の肩に置いた。

「まずは、今の仕事を終わらせないと。それにこれから出張だし」

「そう、そうか。まあ、それもそうだな」

少し気まずい朔弥に気がついた近藤は、すかさず言葉をはさんだ。

「さすが次期社長は言うことが違うね！　それに今の話し方、貫禄《かんろく》があったし」

「近藤さん……貫禄は余計でしょう……」

「ふふふ。貫禄って……」

「兄上まで笑って……ふ、ははは」

笑顔になった男三人は、山積している仕事をこなしていった。


そして帰宅した朔弥は、いつものように上着を脱ぐのを清子に手伝ってもらった。

「今日は暑かったですね」

「ああ。風呂は沸いているか」

「はい」

汗を流そうと夕食前に風呂に入った朔弥は、湯船に何かが浮いているのに驚いた。

「うわ？　これは……スースーするな」

彼が触れたのはガーゼで包まれたものだった。彼がそっと触ると中には葉が入っており、匂いを嗅ぐとハッカの匂いがした。清涼な香りの風呂場。仕事疲れの朔弥は、これを入れてくれた清子の心を嬉《うれ》しく思いながら、癒《いや》しの風呂を堪能《たんのう》して出てきた。

「清子。風呂に入っていたのはハッカか」

「ごめんなさい。お話ししてなかったですね」

夕食のお膳を出しながら清子は謝った。風呂上がりの朔弥は気にするなと笑った。

「まだスースーするが、気分がいいな」

「そうですか。市場に売っていたので試してみたのです。さあどうぞ」

こうして楽しい夕食になった。

朔弥は今日、清子が何をしていたのか、楽しげに尋ねた。

「午前中、お隣の大奥様にお呼ばれして、お菓子をいただきました」

「あの婆《ばあ》さんと何を話すのだ。どうせ嫁の悪口だろう」

「ふふふ。そうでもありません。お二人は仲良しなのですよ」

そう話す清子であるがどこか愁いを帯びていた。楽しい話もどこか寂しいような雰囲気がある清子。本人は自覚がないが、愛を得ずに育った彼女の心の器はどこかが欠けていて、どれほど水を注いでも満杯にならないように朔弥は感じていた。

隣人の家族のように、清子も自分の家族と仲良くなりたいと思っているのではないか、と朔弥はそんな風に思っていた。

「そうか。それよりも。哲嗣をうちに誘ったから。そのうち遊びに来るかもしれないからな」

「哲嗣さんが？　は、はい」

この清子の声はどこか緊張していたように朔弥は感じた。それは喩《たと》えれば温度が一度下がったくらいの差であったが、これを肌で感じ取った朔弥は清子の様子が気になっていた。

翌朝。自宅で仕事をしていた朔弥は、清子が牛乳を買いに行った隙に瀧川に相談した。

「やはり様子がおかしい。瀧川、清子はあの日、本家では何も言われてないはずだが」

「婚約で緊張されているのでしょうかね」

「うーん」

その時、勝手口から声がした。瀧川が対応した。

「若松屋っす。これ、お塩です。あの、姉さんは?」

「清子様は買い物ですよ、何か用事があったのですか」

「あの、音楽会の事なんだけど」

「音楽会?」

不思議そうな顔の瀧川の顔を見た源は一瞬、固まった。彼は、清子がこの話をしていないと察した。

「……いや?　何でもないです。じゃ!」

「あ、ちょっと」

しかし、源はあっという間に帰ってしまった。この態度が解《げ》せない瀧川は、小首を傾げ斜めに傾きながら朔弥の部屋に戻って来た。

「おかしいですね」

「お前もおかしいが、何がどうしたのだ」

「朔弥様。源が、音楽会がどうとか言うのですが」

「音楽会、初耳だな」

「清子様は知っているようでしたが、私は聞いていませんし」

「おい。もしや、それではないか」

「え」

朔弥は、清子の悩みは音楽会ではないかと察した。

「清子は一緒に外出しないかと、俺を誘ってくれていたのだ」

「それですよ！　清子様は朔弥様と、この音楽会に行きたかったんですよ」

そうに違いないと瀧川が興奮する中、朔弥は情けなく頭を抱えた。

「そうか……しかし、なぜ素直にそう言わないのだ？」

「遠慮なさったのでしょう。あ！　帰ってきましたよ」

こうして二人が話し合っていた時、清子の声がしたため瀧川は部屋に連れてきた。

「遅くなってすみません」

「それはいいので、二人で話し合ってくださいね。私は出かけてきます」

瀧川が戸を閉めた音を合図に、朔弥は深呼吸をしてから口を開いた。

「清子、こっちに参れ」

「はい」

朔弥はまず、清子を畳に座らせた。

……まともに尋ねても、おそらく本音は言わないかもな。

音楽会の話を聞き出そうと、朔弥はわざと不機嫌な顔を作り、清子の腕を摑《つか》んだ。

「清子……なぜ私に隠し立てをするのだ」

「何も、隠しておりません」

「いいや。お前は私に秘密があるはずだ」

怒ったふりをしている朔弥に、清子は必死に否定した。

「な、ないです」

「ある。お前は嘘《うそ》をついている」

……言えないわ。哲嗣さんのことは。

必死に思いに蓋をした清子であったが、朔弥はさらに清子の顔を両手で摑んだ。向かい合う朔弥は清子をじっと見つめてきた。朔弥が本気で怒っていると思った清子は、涙をこぼした。

「清子が。清子が悪いのです、こんな顔だから……」

ぽた、と熱いしずくが朔弥の手に落ちた。その滴りは清子の中の苦しみがこぼれたかのように、彼の手を濡《ぬ》らした。この涙で朔弥はようやく清子の絶望を知った。

「顔とは、どういうことだ」

……音楽会の事ではないのか？

朔弥は、一瞬、頭から冷水を浴びたような気がした。驚く朔弥から解かれた清子は、寒さで弱った鶴のように、彼のそばで崩れ震えて泣いていた。

「本家の方に……認めていただけないのは、わかっていたはずなのに。期待してしまった私が、いけなかったのです」

「清子……お前」

嘆く清子の切ない声は朔弥の心臓を貫いた。そんな朔弥は気がつくと彼女を抱きしめていた。

「何があったのだ。あの日、誰もお前を悪く申してなどいなかったはずだ」

「……それは」

胸の中で渋る清子に朔弥は懇願した。

「父上の了解は得たし、母上は結納《ゆいのう》を進めてくれている。それはお前もわかっているだろう」

「はい」

「では、なぜ」

ここで清子はわずかに身を硬くした。朔弥はこれを逃さなかった。

「まさか……哲嗣が？」

「いえ、そのようなことは」

しかし清子が身を震わせた。この素直な彼女の気持ちを彼はさらに抱きしめた。

……ああ。なぜ気が付いてやれなかったのだ！　こうなる事を予測できたのは、俺だけだったのに。

自分を慕う弟。価値観が違う裕福な弟。彼には自分の暮らしを理解できない事は、朔弥も知っていた。朔弥は清子を胸に抱きながら、天を仰いだ。

「哲嗣に何を言われた」

「……清子は、もう気にしておりません」

朔弥の問いを打ち消した清子の答えを、『口にできないようなひどいことを言われた』

と、朔弥はそう解釈した。

「朔弥様。清子はもう良《い》いのです」

「いや、そうはいかない。いいか、清子」

朔弥は涙の清子の頬を手で拭った。

「お前は私の婚約者だ。お前への言葉は私への言葉。それはちゃんと教えてくれ。これは目など関係ないことだ」

「……はい」

「哲嗣の事は私が言っておく。おお、清子、そんなに泣くな……」

清子は朔弥の胸の中でさめざめと泣いていた。清子を守れていなかった朔弥は、唇を噛《か》み締《し》めながら彼女を抱きしめていた。


こんな事があった数日後の夕刻。清子は朔弥の部屋で新聞記事を読み上げていた。その時、彼が何気なく券を出した。

「これは？」

「音楽会だ。お前、行きたかったのだろう」

「どうしてこれを？」

彼は清子の頭を優しく撫《な》でた。

「源に聞いたんだ。それよりもなぜ行きたいと素直に言わないのだ」

「すみません。そういうわけじゃなかったのです」

ここで清子は彼を向いた。

「私。朔弥様がいつも家にいるので。外に出て空気を吸うともっと楽しいのに、って思っていたのです」

意外な告白に朔弥は思わずその手が止まった。音楽会が嬉《うれ》しかったのか、清子はスラスラと話した。

「海の匂いとか、木が揺れる音とか、函館の夏の始まりはどこも素敵なのです。でも、朔弥様は、お庭で深呼吸をされているし、お仕事でお出かけになるし。清子が思っているよりもその、おうちを楽しんでいらっしゃいますものね。清子は、朔弥様に、お好きなことをして欲しいと思っています」

心のよどみなく清子は笑みを浮かべた。しかし朔弥は眉間に皺《しわ》を寄せた。

「愚かな」

「え。うわ」

彼は清子を押し倒した。怒った顔に清子はドキッとした。

「なぜ最初からそう申さぬのだ。これでは私が愚か者じゃないか」

「そんなことはありません」

「ある。お前が悪い」

そういうと朔弥は清子のおでこに口づけをした。突然の出来事に清子はふわふわした気分になった。

「清子。音楽会でも散歩でも、私を連れて行ってくれ。お前と行きたいのだ」

「はい……」

頰を寄せる朔弥。清子は優しく抱きしめた。すると突然、朔弥は清子を抱き起こした。

「よし！　早速参ろう」

「ええ？　今からですか？　あの、散歩は朝の涼しい時間が良いですよ」

「なんだつまらん」

「お楽しみはまたにして。まずはお仕事を済ませましょう」

恥ずかしそうな清子の態度であったが、本音を聞けた朔弥は嬉しかった。

「そうきたか？　まあいい、お茶を淹《い》れてくれ」

はいと清子は立ち上がった。この青痣《あおあざ》の顔の自分は傷つけられる事もあるが、こうして温めてくれる人もいる事を、清子は窓の向こうの一番星に感謝した。

穏やかな海を望む函館の基坂。その上にある屋敷《やしき》の夕刻の庭には、クチナシの白い花が甘い香りを漂わせ、遠く港に浮かぶ大型船の汽笛とカモメの鳴き声は、初夏の訪れを告げるように響いていた。心を合わせている朔弥と清子には、爽やかな時が流れていた。

十　気持ちはダイヤモンド

函館湾《はこだてわん》を望む基坂《もといざか》はアカシアの街路樹が爽やかに揺れていた。近藤《こんどう》が運転する車内にて朔弥《さくや》は状況を聞いた。

「昨日の続きの話だが。やはり炭鉱の話は本当らしい」

「それで。暴動の原因は何だ」

事実上、岩倉《いわくら》貿易会社が所有する茅沼《かやぬま》炭鉱の炭鉱労働者が仕事を放棄し、石炭を掘らない事件が起きていた。近藤は現地から入った状況を報告した。

「あそこで崩落事故が続いたんだ。亡くなった鉱員には補償金や家族手当を出したんだが。その事で揉《も》めているようだ」

「哲嗣《てつし》が現場に行っているのだろう」

「ああ。だから今頃は解決しているかもな」

岩倉の副社長の哲嗣が赴けば現場も話を聞くだろうと近藤は見解を示した。

「しかし朔弥。石炭の生産が滞っているから。そろそろうちの株にも影響あるんじゃないか」

「そこは対策済みだ」

「お見それしました」

他にも事業を抱えている朔弥は、策を語りながら会社に出向いた。

この日の朔弥は、内地に出張で不在の父と哲嗣の代わりに業務をこなしていた。

「専務。また高野興産《たかのこうさん》が、自分達の積み荷を一番先に降ろせと言ってきましたが」

面倒そうに話す若い男性事務員の相談に、朔弥は耳を傾けた。

「船の積み荷か？　中身は」

「米ですね」

「重いな……」

わがままな対応に呆《あき》れた朔弥は、椅子の背にもたれた。

「では自分達で勝手に降ろせと言え」

「先に乗船させて良いのですか」

「ああ、ただし。他の積み荷を動かさずにだ！　それができないなら特別料金を払えと言え」

「わかりました」

こうして仕事をこなしていた夕刻。朔弥の元に電話が入った。炭鉱からだと話す事務員から受話器を受け取った。

「専務の岩倉です」

『専務！　大変です、副社長が、哲嗣さんが』

「落ち着いてください。哲嗣がどうしたというのですか」

思わず立ち上がった朔弥に対し、電話の向こうの声は動揺が交ざっていた。

『こ、鉱員と揉めてしまって。哲嗣さんは捕まってしまいました！』

「捕まった？……それは拘束されたのですか」

電話の向こうで興奮する部下の話は、炭鉱会社《たんこうがいしゃ》に不満がある鉱員達は哲嗣の説得に腹を立て、彼を軟禁しているということだった。

「警察への連絡は」

『まだです！　身の安全は確保されているので、哲嗣さんが止《よ》せと言っています。私は今、隙を見て公衆電話から掛けています』

「わかりました。とにかく命を守ってください。すぐに応援を向かわせます。また電話をお願いします」

そう言って朔弥は電話を切った。そばで聞いていた近藤はすっくと椅子から立ち上がった。

「俺が行くよ。社長はいないし」

秘書の近藤は本棚から道路地図を探していた。その背に朔弥は声を掛けた。

「いや。正孝《まさたか》だけじゃ無理だ。俺が行くしかないだろう」

「朔弥、これは炭鉱だぞ」

近藤は地図を広げながら説いた。

「しかも暴れている鉱員達は岩倉に不満があるんだ。お前なんか行っても袋叩《ふくろだた》きに遭うだけだ」

「行く。俺はそばまででもいい。お前と現場に行く」

哲嗣の一大事。近藤だけでは手に負えないと朔弥は判断した。

朔弥を案ずる近藤であったが、朔弥の意志は固かった。この夜、近藤はひとまず朔弥を彼の自宅の岩倉家下屋敷《しもやしき》に送った。


「では。夜明け前に迎えに来る」

「わかった。正孝は明日のために早く休め」

そう告げて自宅に上がった朔弥は、出向いた清子《きよこ》に説明をした。

「炭鉱に？　朔弥様が行かれるのですか？」

「ああ。鉱員が事件を起こしたようだ。哲嗣がすでに現地で対応しているが」

「哲嗣さんが」

「ああ。その前に飯だ。今夜は早く寝る」

「は、はい」

朔弥としては、清子に心配をかけないために秘密で出かけたい心境であったが、自分では支度ができない。そのため最低限の事情を説明し、清子に用意をしてもらうつもりであった。夕食を終えた二人は早速用意を始めた。

「朔弥様。この鞄《かばん》に何を入れますか」

「鞄か」

彼は足元にある鞄を手探りで探していた。これが見えない朔弥を清子は歯痒《はがゆ》く思った。

……良《い》いのかしら。このまま行かせてしまって。

すでに副社長の哲嗣が行っている現地に朔弥も向かうこの状況。清子は彼の背中を見ていた。清子は不安でたまらなかった。

……きっと、何かあったのだわ。

ここ連日、朔弥が炭鉱の話を近藤としていたことから、清子は内容を察知していた。

「朔弥様……どうか、清子も連れて行って下さい」

「何をばかな」

「連れて行って下さい！　お願いします」

清子は畳にひれ伏した。朔弥は怒りを静かに抑えた。

「これは仕事だ。女の行く所ではない」

「それは朔弥様もです」

「何だと」

彼のプライドに触ったと清子は直感した。顔を上げると朔弥は激烈に怒っていた。しかし、清子は高鳴る胸の鼓動を抑えず、勇気を持ってこれを高めた。

「清子は炭鉱に行ったことがあります。それは足場が悪く、お目が悪くなくても危険な所です」

「お前は。私が一人で出かけられないと侮辱するのか」

拳を握り憤怒《ふんぬ》の炎を燃やす朔弥は、初めて出会った時の激昂《げきこう》の顔だった。

……本当に怒っている。これで嫌われてしまうかもしれない。

清子は彼を傷つける気はない。心配しているだけであった。清子は必死に言葉を探した。

「朔弥様。清子は朔弥様の目になりたいのです。確かに朔弥様は炭鉱に行く事は出来ます。でもそこで起きている事を知るのは、難しいのではないですか」

「………」

「近藤様が一緒なのはわかっています。でも、どうか清子の目を使って下さい。朔弥様に万が一の事があったら、清子は生きていけません……」

「き、清子？……お前」

彼女の涙声を聞き、怒り狂っていた朔弥は握った拳を緩めた。

「……すまない、清子」

「いいえ。私こそ。すみません。意見など申して」

「そばに来てくれ。私のそばに」

清子は朔弥に抱きついた。朔弥はその背をゆっくりと撫《な》でた。

「悪かった……そんなに泣くな」

……こんなに心配させるとは。俺とした事が。

愛《いと》しい娘が身を震わす必死な思いに朔弥は決心した。

「わかった。一緒に行こう」

「良いのですか」

「ああ。そうだ。しかし、これは仕事だ」

朔弥はそう言い、抱きしめていた腕の力を緩め清子を解放した。

「婚約者ではなく、私の付き人としてついて来るなら良い」

清子は涙を拭うと、心を弛《ゆる》ませた。

「はい。清子はおそばに居られるなら、何でも構いません」

「清子……ありがとう」

朔弥は再びそっと抱きしめた。触れた頬と頬。二人はこれに笑みをこぼした。


夜明け。近藤が運転する車には清子も同乗していた。後部座席の朔弥と清子は、近藤から炭鉱の現在の状況を聞いていた。想像通り厳しい現場の状況であるが、昨夜よく眠れなかった清子は、朔弥の肩にもたれ寝息を立てていた。

「清子。もうすぐ着くぞ」

「はい……すみません、すっかり眠ってしまって」

気が付けばガタガタの未舗装の道路。土煙。夏の始まりの昼下がりの炭鉱の周辺には鉱員やその家族が住む炭住と呼ばれる平屋が連なっていた。人影のない景色。清子は朔弥の肩にもたれた姿で車窓からこれを眺めていた。

「たくさんの人が住んでいるのですね。子供もいっぱいのようです」

干してある洗濯物。粗末であるが賑《にぎ》やかそうな平屋。清子は温かい雰囲気を感じた。隣に座る朔弥は、車窓からの風を浴びていた。

「この炭鉱は規模が大きいからな」

「お！　立坑櫓《ろ》が見えてきたぞ。あれだ、やっと着いたぞ」

森から頭を出している高い鉄の建物は、地下への昇降機。地上の高さ約50メートル、深さ735メートルを誇る、東洋一と呼ばれる立坑櫓だと近藤は解説した。

「でもね。地下に行く作業員はトロッコに乗って、そのまま一気に落下するだけなんだよ」

「えええ?!　ふ、深さは700とかあるのにですか？」

悪戯顔で教える近藤に、清子は思わず声を上げた。清子の隣の朔弥は腕を組んだ。

「何が昇降機だ。落としているだけじゃないか。清子。俺は絶対、乗らないぞ」

「もちろんです。清子がなんとしても阻止します！」

「ははは！　俺たちがあれに乗ることなんかないよ。それにしても清子さんは頼もしいな」

道に沿って鉄道の線路が現れた。これに導かれるように進んだ彼らは終点の茅沼炭鉱に到着した。

夕暮れ時。敷地《しきち》に進んだ近藤が車を停《と》めると、炭鉱の事務所から人が出てきた。

「兄上。本当に来たのですか」

「その声は哲嗣か。無事であったか」

解放されていた哲嗣は、車から降りてきた朔弥に寄り添った。その背後からは、岩倉の部下と、炭鉱の現場責任者が五名ほど集まって来た。

「専務でいらっしゃいますか？」

「朔弥様で？　これはどうも」

彼らは目が不自由な朔弥が直々にやって来た事が信じられない様子だった。特にここ数日、鉱員達と交渉していた岩倉の部下、小川《おがわ》は、朔弥の姿に目を疑っていたが、彼の背後の清子には慌てていた。

「専務。小川ですが、そ、その女性は？」

「おお。彼女は付き人として連れてきたが、婚約者の清子だ」

「清子と申します。朔弥様の目として動きますので。遠慮なく申しつけて下さい」

「兄上。なぜ彼女がここに？　これは一体」

困惑する哲嗣に近藤はまずは落ち着けと肩を抱いた。そんな朔弥達を小川は事務所へ案内した。朔弥の介助は哲嗣がしていたため、清子は後ろから付いて行った。

「兄上。俺は昨夜《ゆうべ》のうちに解放されたんだ。まあ、今後は話し合いだな」

「結局。相手の要求は何だ」

この内容を、現場責任者達は朔弥と近藤に説明した。

「鉱員達の要求は、賃金の値上げと、休みを増やせというものです。しかし、それは贅沢《ぜいたく》な要求です」

「そうです！　怠けてばかりいるのに。聞いていられませんよ」

現場責任者の憤りを哲嗣が鎮めた。

「そんなに興奮しないで下さい。他にも色々あるのです」

「哲嗣、彼らの要求をもっと詳しく説明してくれ」

事務所内の椅子に座った朔弥は、見えない目で部屋をぐるりと見回していた。

……賃金は、我が岩倉の炭鉱になった時に、値上げをしたはず。それに、休みとは。

朔弥は哲嗣や責任者から詳しい事情を聞いていた。清子はお茶を淹《い》れようと思ったが、近藤に頼まれ車から荷物を降ろしていた。すると遠巻きに子供達が、じっとこちらを見ている事に気が付いた。

……炭鉱の子供達ね。ずいぶん痩せているわ。

荷物を運び終えた清子は、近藤から会議への同席は遠慮して欲しいと言われた。事務所の外に立ち、広大な炭鉱の作業施設をしみじみと眺めていた。

「姉さん」

「こんにちは。みんなは炭鉱の子なの」

「うん！　ねえ……その顔どうしたの」

「ああ。これ」

清子は生まれつきの痣《あざ》だと説明した。

「へえ、そうなんだ」

「それよりも。もうすぐお夕飯の時間でしょう？　それなのに」

どうして調理の際、上るはずの煙が少ないのか、清子は尋ねた。子供達は不思議そうに答えた。

「姉ちゃん達が作っているからだよ」

「姉ちゃん？」

「こっちに来てよ」

清子は屋外から窓の向こうで白熱している男達の協議を眺めつつ、子供達に手を引かれて高台にある炭住までやってきた。木製の粗末な長屋は、夕暮れ時の匂いがしていた。

「ここだよ」

入ってすぐの台所。かまどの前では少女達が大きな鍋で料理していた。振り向いた少女達に清子は笑顔で挨拶をした。

「こんにちは。突然来てごめんなさいね、私は函館の会社の人のお手伝いなの」

「函館……炭鉱の社長さん？」

一番背の高い少女の質問に清子は頷《うなず》くと、思わず大鍋に歩み寄った。

「そう……ところで、みんなだけでお夕食を作っているのね。偉いわ」

とはいっても、食事を作る少女達はあまりにも幼く、その量が多かった。清子は屈《かが》み、少女達の目の高さに合わせ、親の居場所を尋ねた。

「お母さん達は坑内だよ、お父さん達は奥で寝てる……」

「寝てるって、具合でも悪いの？」

「誰だい、そこにいるのは」

声を掛けてきたのは歯のない老婆だった。彼女は清子を見て怪訝《けげん》そうに顔を歪《ゆが》めたが、清子が函館から来たと告げると、急に火が付いたように怒り出した。

「岩倉は帰れ！　ここには来るんじゃない」

「あの、お婆《ばあ》さん、お母さん達はいつお戻りに」

「う、うるさい！　いいから出て行け！」

追い出された清子は不審に思いながら階段を下った。最後に振り返ると夕闇を背景に女達が横並びで清子をじっと見下ろしていた。清子が会釈すると彼女達は背を向けて炭住に帰って行った。

……何か事情があるのかもしれない。明日にでも話を聞かないと。

清子が事務所に戻ると、朔弥達の協議は白熱していた。清子は持参した荷物を整理し、やがて蕎麦《そば》屋から届いた夕食のお重を確認した。

……豪華な天丼だわ。子供達は根菜のお味噌汁《みそしる》とご飯だけだったのに。

複雑な思いで清子は食事の支度を進めていたが、近藤はまだ食事はできないと言いに来た。近藤は申し訳ないと手を合わせた。

「全然話が終わらないんだ。それよりも清子さん、今夜の寝床だけど」

「はい。皆さんの布団は敷きましたよ」

奥の部屋を手で示した清子に、近藤はすまなそうに話した。

「僕達の話し合いはまだかかりそうなんだ。でも朔弥が君を心配してね」

「私は寝なくても平気です」

「でもね」

……もしかして、邪魔なのかしら。

事務所には関係者が行き交っていた。近藤も哲嗣もいるこの状況に清子は確かに部外者であった。その時、そっと朔弥が清子をそばに呼んだ。

「清子。お前は先に休め」

「でも」

「正孝も哲嗣もいるので大丈夫だ。それよりもお前の方が心配なのだ」

「朔弥様、あの」

幼い子供が家事をしている事、女達が鉱員をしている様子を清子は話したかったが、関係者が目の前にいる今、それを口にできなかった。

「お前がいると集中できない。早く休んでくれ」

「あの」

その時、事務所に誰かがやってきた。女だった。彼女は小川に話し清子に歩み寄った。

「函館の娘さん、今夜は女部屋で休んでください」

「私、でも」

「娘さん、どうか……」

彼女のその目は何かを訴えていた。思わず息を呑《の》んだ清子を知らずに近藤は賛成した。

「清子さん、ここは大丈夫だよ。朔弥、清子さんにはそうしてもらうよ」

「ああ、清子。休んでくれ」

「わかりました」

彼女の強い目の伝言を受け取った清子は、炭住に移動した。そこに歯のない老婆と四十歳は過ぎている女がいた。女の代表だと名乗ったスミは、がっしりとした体つきで、顔に煤《すす》をつけ薄汚れた作業服姿だった。鋭い目つきの彼女は、今夜ここで子供達と寝ろと指示した。

「あの、ここはどうなっているのですか」

「……とにかく寝な。詳しくは明日だよ」

「お姉ちゃん、早く寝ようよ」

「わかりました」

何か事情があると思った清子は布団に寝た。粗末な床の上。子供達と女のいびきの中、清子は眠らずに過ごした。


翌朝。清子は炭住を出て朔弥達がいるはずの事務所にやって来た。しかし誰もいなかった。食事は済ませたようで、器は綺麗《きれい》に洗われて部屋の外に置かれていた。

……でも変ね、布団を使った形跡がないわ。

清子が困惑していると、炭鉱の敷地内にある自宅から出勤した小川もやってきた。

「どうしたのでしょうね。近藤さんの車も無くなっていますし」

「みなさんでどこかに行ったのでしょうか」

すると現場責任者の代表の事務長がやってきた。彼は疲れ顔で説明を始めた。

「実は、岩倉専務達は、昨夜遅くに函館に帰りましたよ」

「え？　私を置いて帰ったのですか」

「ええ。本社で急用ができたと連絡が入ったので」

「参ったな」

小川が頭をかく中、清子は室内を見回していた。

……確かに荷物は無い……でも。

おかしいと清子は思ったが、それ以上の事は言えなかった。今はまだ早朝。小川は後で清子を駅まで送ると言ってくれたので、それまでの時間、清子は小川と一緒に使用した事務所を片付けることにした。

「そうだ。清子さん。これを持っていって下さい。哲嗣さんが金庫に入れていた貴重品です」

「哲嗣さんの」

小川はそう言って、白い風呂敷《ふろしき》に包まれたものを清子の広げた両手に置いた。

「すみませんが、本人の物か確認して下さい。私はちょっと郵便を確認してきます」

「はい……」

……困ったわ。哲嗣さんの私物なのに。

他者の私物を触る事に抵抗があった清子であるが、仕方なく確認した。それは財布とナイフだった。これを見た清子は、胸の鼓動が激しくなった。

……私のと同じ作りの財布だわ。朔弥様が作ったものよ。

ナイフの柄も朔弥が使っている紙工作の時のナイフと同一の柄であったため、清子は哲嗣のものだと断定した。しかし、彼がこんな大切なものを忘れるのかと動揺した。

朔弥達に何かがあったと察した清子は、ひとまずこれを帯に収めた。

「姉ちゃん」

「びっくりした。どうしたの」

「朝ご飯だよ」

少年が清子を迎えに来たため、清子は事務長と小川に断りを入れ宿泊した炭住に戻った。

難しい顔をした歯のない老婆とスミが、清子を奥の部屋に案内した。

「旦那さん達はどうした」

「函館に帰ったと言われましたが、おかしいのです」

「……いいかい、落ち着いて聞きなよ」

玄関前に見張りを立てたスミは緊迫した顔で話し出した。それは炭鉱で起きている出来事だった。現場責任者達は鉱員達を休みなく労働させ、怪我《けが》をしても補償は無い状態。抵抗する者は折檻《せっかん》されるため、妻達は夫に代わって石炭を掘っているという事実だった。

……だから子供達が、食事の支度をしていたのね。

炭鉱に来て以来、清子が見かけるのは働く子供達ばかりであった。これを思い返している清子に、スミは声を潜めて続けた。

「たぶん、どこかに連れて行かれたんだよ」

「どういうことですか」

「前もあったんだよ。労働条件がひどすぎるって訴えようとした代表の男が、行方不明になってね。その後、使っていない坑道で、死体で発見されたんだ」

「そんな」

「今回も嫌な予感がしてね。だからあんたをここに泊めたんだよ」

血の気が引いた清子は床で崩れそうになった。しかしここで見張りの女が慌てた様子で部屋に飛び込んできた。

「スミさん。やっぱり北坑道だね。その入り口らしいよ」

「ねえ、清子と言ったね。旦那さん達はそこに落とされたようだ」

……全員がそこに？　しかも、ここの関係者に襲われたなんて。

味方だと思っていた人達が朔弥達を襲った現状に、清子は気が遠くなりそうになった。

「でも。私、行きます。そこに」

「良《い》いけどさ。行ってどうする気だい」

「助けます！　とにかく、連れて行ってください。お願いします！」

必死に頼む清子に根負けしたスミは、分かったと立ち上がった。スミは子供に指示し、清子はもう一泊すると小川に伝言をさせた。そして虫の音が鳴り響く午前中、清子は暑さも忘れ、案内のまま背丈ほどある草が茂る裏山を上がっていた。茅沼炭鉱の現在の採掘は、立坑櫓《ろ》と言われる昇降機にて、地下へ進み石炭を掘っている。それ以前は、山の斜面を人力で横へと掘り進めており、朔弥達は一番古い北坑道に落とされたようだとスミは語った。

「あの、スミさん、どうして私を助けてくれたのですか」

事件を予見し、清子だけを彼らから守ってくれたスミは気まずそうに振り返った。

「お前さんは青痣《あおあざ》があるだろう？　てっきり私達は奴らに殴られたと思ってさ、歯無し婆さんは、あんただけは助けてやれって言うもんだから」

「そうだったんですか」

「……さて、そろそろだよ」

時折、エゾリスが草を揺らす山道は、いつの間にか細かい石炭が溢《あふ》れた黒い道へとなった。やがて清子の前には洞窟のような暗い穴が現れた。廃坑道を封じていたはずの入り口の鎖は解かれ、立ち入り禁止と書かれた木札は、草の中に無惨に放置されていた。

「たぶん、ここに旦那さん達は入れられたんだと思うよ。入った形跡があるし」

「確かに周りの草が踏まれて間もないですね。私、呼んでみます」

清子は穴に向かって朔弥の名前を叫んだが、応答はなかった。

「いないみたいです。私、入ってみます！」

「待ちな！　ここは入り口だ。奥へ行くと地下へ落ちるようになっているんだ」

清子の腕を摑《つか》んだスミは、地下は広い空洞で、底は水が溜《た》まっていると説いた。

「でも以前。熊がここに住み着いたことがあってね。みんなで奥へ追いやって地下に落としたことがあったんだ。あの時、熊は死んだと思ったけど、出口から二日目に出てきた時はびっくりしたね」

「じゃあ。朔弥様もきっとそこから」

「その出口は、もう崩落したからね……」

スミは、坑道は横へ進んでおり出口は数か所あるが崩落していると説明した。

「一つだけ、かろうじて通れそうな出口があるが、坑内は迷路だからね。しかも真っ暗で」

「でも。出口から助けに行けば！」

「無理だね。そんな危険なことを身内にさせられないよ」

「そんな……」

膝からくずおれる清子の肩に、スミは悲しく手を置いた。

「とにかく、そういうことさ。戻ろう」

「スミさん……。朔弥様はきっと出てきます」

「いや、それは」

「出てきます！　必ず出てきます！　だから協力してください！　お願いします！」

清子は必死にスミにすがった。いつの間にか太陽は南に上がっていた。

◇◇◇

「くそ！　いったい、今は何時なんだ」

「さあ、それよりも腹が減ったな」

「哲嗣、正孝……静かに。ここでまた二手に分かれている」

暗闇にて、朔弥は水に濡《ぬ》れた指を立てた。

「右から風が流れている、こっちだ」

「はいはい、仰せの通りに」

「まったく。ここを出たらあいつらをぶっ飛ばしてやる」

昨夜《ゆうべ》、顔に袋を被《かぶ》せられた三人はこの穴に落とされていた。落下したのは水の中で怪我はなかったが、その後、暗黒の世界を泳ぐように出口を求めて彷徨《さまよ》っていた。

視覚に頼らない朔弥は指先で風を感じ、その嗅覚で爽やかな空気を捉えていた。五感を研ぎ澄ませた朔弥の案内で、近藤と哲嗣は光の無い坑道を手探りで進んでいた。

途中、崩落個所《かしょ》があったが、すき間を進んでいた彼らは、ここで休憩をした。

「兄上。大丈夫かい」

「ああ」

「しかし、俺達を殺してもしょうがないよな」

近藤の情けない声に、怒りを湛《こら》えた哲嗣が声を張った。

「近藤さん、奴ら落とす時、言っていたでしょう。『これは復讐《ふくしゅう》だ』って。鉱員達の腹いせですよ。もっと金を寄越せという暴挙だよ。ねえ兄上」

「線香の匂いがする」

暗闇の朔弥の声に、近藤と哲嗣は動きを止めた。

「……本当だ。兄上、確かに匂うよ」

「出口で誰かが焚《た》いているようだな。正孝、返事代わりに何か音を出せ」

「音かよ……じゃあ、こいつで叩《たた》くか」

近藤は石を手にし、坑内の壁を叩きながら進んだ。線香の香りを道案内に進んだ彼らは、すぐに人の声と小さな光に気がついた。

「見ろ！　朔弥、出口だ」

「すごい⁉　兄上！」

「そのようだな。二人は先に行ってくれ」

この時。朔弥に輝かしい声が飛び込んできた。

「朔弥様！　清子です！」

「おお……やはり」

坑内の朔弥に清子が抱きついて来た。

「ああ……良かった。本当に！」

「お前が線香を焚いたんだな。助かったよ」

「うう……よくぞご無事で、ああ、良かった」

泣き崩れる清子を、炭と水で濡れた朔弥は優しく抱き返した。

「お前がいない時、突然、連れ出されて穴に落とされたのだ」

「恐ろしかったですね！　清子がいれば、絶対そんなことをさせなかったのに」

「私もずっとそう思っていた……さあ、清子、ここを出よう。喉が渇いた」

二人は寄り添いながら、坑内から光眩《まぶ》しい外へ出てきた。

朽ちた坑内の穴の前では子供たちが線香を焚き、団扇《うちわ》であおいでいた。近藤と哲嗣は子供達に何度も感謝をしていた。

「清子さんが線香を焚いてくれたんだってね！　本当に助かったよ」

「ところで、どうなっているんだ。今の状況は」

「お静かに！　近藤さん、哲嗣さん、すべては事務長さんの仕業なのです」

朔弥と手をつないでいた清子は、スミの案内で彼らを密《ひそ》かに移動させた。そしてスミの家で真実を話した。

「では。私達を穴に落としたのは鉱員ではないのか」

清子は畳に座りお茶を飲む朔弥の顔を拭きながら、真実をそのまま語った。

「そうだと思います。事務長さんは、私に朔弥様は函館に帰った、と言いましたもの」

「あいつら、被害者面しやがって」

立腹のあまり汚れた身なりを整える気になれない哲嗣は、苛立《いらだ》ちのまま食事も断り畳の部屋をうろうろ歩いていた。反して近藤は、すでに顔を洗いすっきりとした姿でおにぎりを食べていた。さらにタクアンを口に入れた近藤は真顔で、今回の襲撃を振り返っていた。

「しかし、どういうことなんだ？　僕達を殺そうとするなんて」

近藤の言葉に哲嗣も朔弥も押し黙った。清子は朔弥の髪を整えながら一同に顔を向けた。

「お尋ねしたいのですが、今回、朔弥様は事務長さんとどんな話をされたのですか」

「それは君に話す事ではない！」

「良いのだ哲嗣。清子、それはだな」

弟の憤りを手で制した朔弥は、怪我をした鉱員達への賠償金の話だと説明した。

「我々としては、その支払い事実を鉱員との交渉に使おうと思っていたのだ」

「朔弥様。事務長さん達はそれを調べて欲しくなかったのではありませんか」

「……そうか、では、その金を横領、か。なるほどだから私達を」

「どういうこと？　え？　え？」

分かっていない近藤に、哲嗣は悔しそうに髪をかきあげた。

「つまり。事務長達は鉱員達に払うはずの金を使い込みしていたんですよ！　それを俺達が調べようとしたので」

「『鉱員の仕業に見せかけて坑道に落とした』。そんなところか、清子」

「はい……でも」

清子は額に右手を当て考えながら、左手は返事をするように朔弥の膝に手を置いた。

「まだ不十分です。事務長さん達が朔弥様達を穴に落とした証拠がありません」

「でも清子さん。事務長は僕たちが帰ったと言ったんだろう」

真顔で話す近藤に、スミが口を挟んだ。

「みなさん甘いですよ。奴らは『いなくなったのでそう思った』とか。『鉱員達がそう言った』とか、何とでも言いますから」

「大変だよ！　姉さん」

この時、少年が駆け込んできた。

「小川さんが出かけた途端、奴らが何かを燃やし始めたよ！　見てあの煙を」

「証拠隠滅か。ん、清子」

「私、行ってきます！　みなさんはまだここにいて下さい」

「清子、お前」

「僕も行くよ！　朔弥」

「近藤さん、俺も」

ここでスミが男性陣を止めに入った。


「待った！　旦那さん達はだめだ！　奴らはまだ坑道にいると思っているんだ」

三人の男が見つめる中、清子は少年の案内で現場に走っていた。やがて清子は書類を燃やしている現場にやってきた。


「事務長さん。これはどういうことですか」

「い、岩倉の娘さん？　これは要らない書類ですよ」

事務所の裏にて彼らは焚火《たきび》の中に書類をどんどん投げ入れていた。この時、清子は炎から書類を引き出し、必死に足で踏み消していった。

「何をするんだ、止めろ」

「離してください！　止めて」

すると、ここに女達が一斉に現れ、水を掛けて消火を始めた。

「な、なんてことをするんだ」

「お前たちは首だぞ」

しかしあっという間に水が掛けられ書類が残った。紙が焼ける煙をかき分けた清子は、その中の補償金と記した書類を手にした。

「一部焼けていますが、この人物が本当にお金を受け取っているのか調べますからね」

「止めるんだ，返しなさい、それを！　あ、い、岩倉専務？」

いつの間にか、この場に朔弥と近藤、そして小川と哲嗣が集まっていた。坑道に落としたはずの三人が目の前にいる事に事務長達は驚愕《きょうがく》した。

「事務長。鉱員達から真実を聞きましたよ。それに証拠はここにそろっているようだ」

「ああ、朔弥、一部、燃えているけれど、読めそうだよ」

「俺達を坑道に突き落としたのはお前達だな！　調べればすぐにわかるんだぞ」

朔弥と近藤と哲嗣に責められた事務長達は、慌てて逃げ出したが女達に拘束された。その後、警察が事務長らを殺人未遂の罪で逮捕した。

◇◇◇

事件の翌朝。炭住の休憩所で朔弥達は炭鉱の新たな規則を作っていった。警察の調べを昨日に終えた彼らの頼もしい背を、清子は台所で粥《かゆ》をこしらえながら嬉《うれ》しそうに見つめていた。

「清子さん。その火傷《やけど》は相当痛むでしょう」

清子は両手を流水で冷やしていた。その甲は赤くただれて、その右足は包帯が巻かれ、痛みがあるのか足を少し浮かせて立っていた。水を飲みに来た心配顔の近藤に清子はいいえと首を横に振った。

「火傷は冷やすのが一番です。それに、私は朔弥様のおそばにいたいのです」

「でも。やっぱり朔弥に説明して病院に」

「いいえ。言わないで欲しいのです」

清子は土鍋を背にして近藤を見上げた。

「朔弥様が余計な心配をします。それに本当に軽い火傷ですから」

「清子さん。君って人は」

この時、哲嗣が近藤を呼びに来た。なぜか居残った哲嗣と二人きりの気まずい空気の中、清子はそうだと帯に手を入れた。

「お返しします。哲嗣さんのお財布と、ナイフですよね」

「お前が持っていたのか」

「はい。金庫に入っていたので、私が預かっておりました。大切なお品ですよね」

受け取った哲嗣は、ナイフからほのかに清子の温《ぬく》もりを感じた。

「……これを残したので誰かが俺達に気が付くと思ったが、まさかお前とはな」

「お、恐れ入ります」

……この女が俺達を助けてくれたとは。

痣《あざ》の顔。無教育の娘。平凡な容姿。全部大嫌いだった。そんな娘が唯一自分の伝言を受け取り、自分達を救ってくれたことに彼は心を重くしていた。

……火傷をしているのか、腕も足も痛々しいな。

「なぜだ」

「え」

「俺がお前を嫌っているのは知っているだろう。それをなぜ兄上に言わないのだ」

朔弥と正反対の弟。しかし声がそっくりだった。加えてこの横柄な態度、朔弥を彷彿《ほうふつ》させた清子は思わず微笑《ほほえ》んだ。

「何がおかしい」

「すみません。朔弥様に似ているのですね」

「当たり前だ。だから！　俺に言いたいことが有るだろう！」

「言いたいこと……そうですね、あ！」

清子は土鍋を火から下ろし、彼に背を向けたまま頼んだ。

「私が火傷をしたことを、朔弥様に仰らないで欲しいのです」

「なぜ」

「ご心配をかけますし。それに、私は朔弥様の目になりたいのです」

振り向いた清子は必死に哲嗣を見つめていた。その青痣《あおあざ》が囲む素直な目から、哲嗣は目を離せずにいた。

「私が怪我《けが》をしたと言えば、朔弥様はもう私をおそばに置いてくれなくなりますもの」

「なぜそれを俺に言う？　俺はお前が嫌いだ。兄上に言えばそれで済むんだぞ」

「でも。私、本当にそう思ったので」

俯《うつむ》く清子は手を身の前で結んだ。その手は火傷で痛々しく哲嗣は目を細めた。

……身の痛みよりも、心の痛み、か。

清子の思いはただ、兄への愛だけと、自身も兄を慕う彼はそう感じ取った。

「わかったよ。お前の怪我は兄上には言わずにおく」

「ありがとうございます」

冷遇している自分に感謝をする清子の心の清浄さに、哲嗣は眉をひそめた。

「……せいぜい、バレないように気をつけろよ」

そう言うのが精一杯な哲嗣は、仕事に戻っていった。

やがて粥ができた。清子は鉱員の妻らから梅干しや卵をもらい彼らの椀《わん》をよそっていった。

「どうぞ。お口に合えばいいですが」

「清子。みんなの分もあるんだろうな」

狭く古い部屋。この部屋のちゃぶ台にて朔弥、哲嗣、近藤が椀を持った。彼らはむしゃむしゃと食べ出した。

「美味《うま》い……朔弥っていつもこんな美味《おい》しい飯を食べているのか」

「正孝はいつも何を食べているのだ。これは普通だろう」

嬉しそうな朔弥に対し、近藤はもう椀を空にし、お代わりを求めていた。これに応じた清子はその隣の哲嗣を心配していたが、彼は黙々と食べていた。

「哲嗣も食べているか」

「兄上こそ。ぼんやりしていたら近藤さんにみんな食べられてしまいますよ」

「何だと？　清子、正孝にはもうやらんで良いぞ」

笑顔の食卓。そんな朔弥の隣に清子は膝をついた。

「朔弥様。ここにキュウリの漬物をおきますよ」

「どこだ……うん、うまい！」

良《い》い音で噛《か》む朔弥の音。これに全員が笑った。ただのお粥、粗末な食器、傷んだ畳、火傷や汚れた顔と顔。しかし、清子の心は澄んでいた。


そして朔弥達は函館に帰る時刻になった。

「専務。警察の捜査は追って報告します」

「兄上。俺も小川さんと今後の体制を確認してから帰るよ」

「わかった。小川さん、哲嗣。頼んだぞ。さあ、帰るぞ清子」

「はい」

付き人の清子は朔弥と腕を組んだ。手と足の火傷を知られぬよう、清子は黙って腕を組んで歩いていた。近藤の車までの道は砂利の道だった。

……あ、足が。

何も知らぬ朔弥はさっさと歩く。しかし、清子は足の火傷が燃えるように傷んだ。だが、彼にだけは知られるわけにはいかない清子は、痛みを耐え、草履の足で尖《とが》った石だらけの道を無言で歩いていた。

……車まで。もう少しだわ。

そんな必死の清子の背後から、近藤の腕が伸びた。

「清子さん。僕が代わるからさ。忘れ物がないか後ろを見てくれないかい」

「はい」

清子の火傷を知る近藤は、痛みに耐える清子を見ていられなかった。近藤の気遣いに心で会釈した清子は、朔弥を先に行かせた。巨大な立坑櫓《ろ》を前に、清子が痛みを流そうと立ち止まり息を整えていると、背後から声が掛かってきた。

「何だよ。もう弱音か」

「いいえ。行きます」

見送りに来た哲嗣の冷たい言葉に、清子は意を決し歩き出した。火傷の足で歩く清子を歯痒《はがゆ》く見ていた哲嗣は、思わず心と体が動いた。

「……ちゃんと摑《つか》まれよ」

「え？」

小柄な彼女を哲嗣は腕に抱き上げた。そして車まで運び出した彼に清子は動揺した。

「あの、哲嗣さん」

「お前を認めたわけじゃない……そんな歩き方だと目障りだからな」

「……ありがとうございます」

彼が清子を運んでいる事を朔弥は知らずに車の中で待っていた。彼女を手前で下ろした哲嗣は兄の顔がある窓に微笑んだ。

「兄上。後は任せてくれ」

「後任はすぐに送る。お前も無理をするな」

ここで哲嗣はちらと清子を見た。後部座席の朔弥の隣に座る清子は痛みのせいか顔色が悪かった。この様子を兄が気づかない事実に哲嗣は思わず下唇を噛んだ。

「ああ。俺は無理しないよ。そっちこそ、気をつけて帰れよ」

「わかっている」

ここで近藤はエンジンを掛けた。うるさい音の中、見送りの哲嗣は車から離れず、再び車の中に声を入れた。この声は朔弥にしか聞こえなかった。清子はちらと哲嗣と目があったが、車は函館へと発車した。背にした炭住からは子供と女達がいつまでも手を振っていた。

◇◇◇

函館に帰った朔弥はすぐに岩倉本社に赴き、近藤とともに炭鉱の新体制の手配をした。

すでに社長の父がいたため仕事は早く進んだ。朔弥の多忙を利用し、火傷がある清子は瀧川《たきがわ》の協力の元、朔弥に内密で静養ができていた。

そして数日後。哲嗣が函館に戻ったという知らせを受けて、朔弥は自宅で安堵《あんど》していた。

「やっとこれで終わった」

「お疲れ様でした。これはですね、羊羹《ようかん》ですよ」

「匙《さじ》をくれ」

夏の香りの函館。二人は岩倉家下屋敷《しもやしき》にて寛《くつろ》いでいた。朔弥は珍しく無言で食べていた。

「いかがですか」

「……まだだな。まだダメのようだ」

「甘さが足りないですか？　それとも硬さですか」

お手製の羊羹の出来栄えを案じている清子に朔弥は匙を皿に置いた。

「腕は治ったようだが、まだ右足を引きずっている……全く清子は頑固で困ったものよ」

「そ、それは」

「大火傷《おおやけど》だったくせに。私が何も知らぬと思ったのか？　私はお前がいつ言い出すのか、ずっと待っておったのだぞ」

「すみません」

彼はぷいと横を向いてしまった。清子は慌ててしまった。

「あの、治ってきたらお話ししようと思っていました」

「嘘《うそ》だ。お前は墓まで持っていく気だった」

「違います！　清子はその」

「付き人として置いてくれなくなるという話か？　哲嗣からそう聞いたが、そんな心の狭い男と思われたとは心外だぞ」

悲しそうな朔弥に清子は必死に謝った。

「そんなことはありません」

「……本当にそう思うか」

「はい！　清子は朔弥様の事だけを思っています」

「清子」

彼は背後から抱きしめ頬を寄せた。

「足はまだ痛むか？　お前の足音……私には辛《つら》いのだ」

「朔弥様……もうすぐです。傷は塞がりましたので」

「そうか」

朔弥は清子の痣にそっと口づけをした。彼の温《ぬく》もりに清子は目を瞑《つぶ》った。

トンボが舞う夏の夕暮れ。静かな二人、静かな時。優しい時間が流れていた。

十一　すてきな贈り物

そして翌週末。結納《ゆいのう》の式が行われた。

「それでは。岩倉朔弥《いわくらさくや》さんと伊知地清子《いちじきよこ》さんの結納を執り行います」

二人がやってきた函館湯川町《はこだてゆかわちょう》の老舗料亭。近藤《こんどう》が見守るだけの予定であったが、立会人として瀧川《たきがわ》が参列し、イギリス領事夫妻もお祝いに駆けつけてくれていた。

突然の参加に二人は驚いたが、笑顔の彼らに見守られて、結納の式が執り行われた。

目の前に儀式の品を並べただけの簡単な挨拶。しかしこの晴れの日。瀧川は清子に振袖を着せてくれた。淡い色の花模様の染物。黒髪と白い肌。そして痣《あざ》の色はその一部となり清子をより美しく装っていた。

「清子様、とても綺麗《きれい》ですよ……ああ。良かったです。本当に」

「瀧川さん。ありがとうございます」

涙ぐむ瀧川に、晴れの着物姿の清子はその優しさに思わず涙ぐんでいた。これを見たイギリス領事館の通訳の男性が朔弥に告げた。

「朔弥さん。領事夫妻が今日の清子さんはとても綺麗だとお話しされています」

「恐れ入りますが、いつもそうなので、別段驚きませんね」

朔弥の冗談に一同は笑った。ここで朔弥は黒のスーツの正装。その懐から何かを取り出した。

「清子、手を出せ」

「なんですかそれは」

「いいから。これは右手か？　左手か？」

「朔弥様。それは左手にお願いしますよ」

瀧川の優しい声、清子は手を出した。

「はい、左手です」

「薬指はどれだ。これか？」

「はい……うわあ、綺麗」

そこには小さなダイヤモンドの指輪が光っていた。やっと指にはめた朔弥は汗を拭いた。

「ふう。これは大仕事だ」

「あの、これは」

「清子さん。婚約指輪ですよ、それは」

瀧川の笑み。清子の頬は染まった。そして隣に座る彼を見上げた。どこか恥ずかしそうだった。

「朔弥様。この指輪。清子は一生、大事にします」

するとと彼は清子に耳打ちした。

「清子。それよりも私をもっと大事にしておくれ」

「はい。もちろんです……清子を、どうぞ、よろしくお願いします」

晴天のよき日。潮風の函館は夏色に染まっていた。孤独であった朔弥と清子。今、幸せな空気に囲まれて無事、笑顔で正式に婚約を果たした。

お便りはこちらまで
〒一〇二―八一七七
富士見L文庫編集部　気付
みちふむ（様）宛
鴉羽凛燈（様）宛

この作品は、小説投稿サイト『エブリスタ』の投稿作品「朧の花嫁」に加筆・修正を加えたものです。

内容はフィクションです。

実在の人物や団体などとは関係ありません。

富士見L文庫

朧《おぼろ》の花嫁《はなよめ》

みちふむ

2024年５月15日　初版発行
2024年11月15日　３版発行

発行者　山下直久
発　行　株式会社 KADOKAWA
〒102-8177　東京都千代田区富士見2-13-3
電話　0570-002-301（ナビダイヤル）

印刷所　株式会社 KADOKAWA
製本所　株式会社 KADOKAWA
装丁者　西村弘美

定価はカバーに表示してあります。　◆◇◇

ISBN 978-4-04-075211-2 C0193

朧《おぼろ》の花嫁新聞

『朧《おぼろ》の花嫁』第二巻 この秋発売予定！

『朧の花嫁』第一巻の書影

無事に結納を終えた清子と朔弥。

新たな試練が訪れるも、互いに手を取り合い、幸せな未来へ向かって二人のペースで歩き出します。

函館の夏の風にのせてお送りする第二巻。

二〇二四年秋頃に発売予定です。

商品詳細
『朧の花嫁』第二巻
著：みちふむ
絵：鴉羽凜燈
発行：富士見L文庫

著者 みちふむ氏 より

「朧の花嫁」を手に取っていただきありがとうございます。みちふむと申します。おかげさまで続編が決定しました。二人の物語に出会える機会をいただき本当に感激しております。これからも応援よろしくお願いします。